II
알함브라

KB142575

TALES
OF
THE ALHAMBRA

TALES
OF
THE ALHAMBRA

WASHINGTON
IRVING

알함브라 II

워싱턴 어빙 지음 ㅣ 정지인 옮김

HYEYUM

알함브라 궁전 내부도

여왕의 규방

숲의 문

쿠바레스 탑

마추카의 마당

저수지 마당

감옥

무기고 탑

요새

감시탑

경비 방위

기록의 탑

성벽 위 통로

포도주의 문

카를로스 5세 황제의 궁전

감시탑

레알 가

그라나다의 문

자 갈 언 덕

정의의 문

황제의 기둥

손바닥 분수

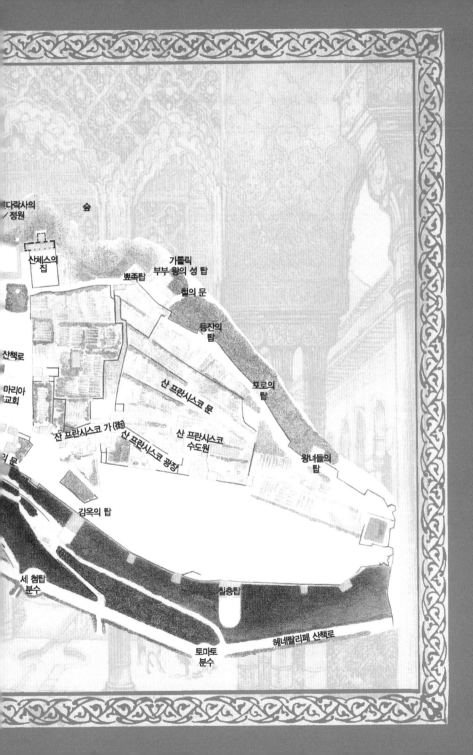

에스파냐에 남아 있는 이슬람 유적들

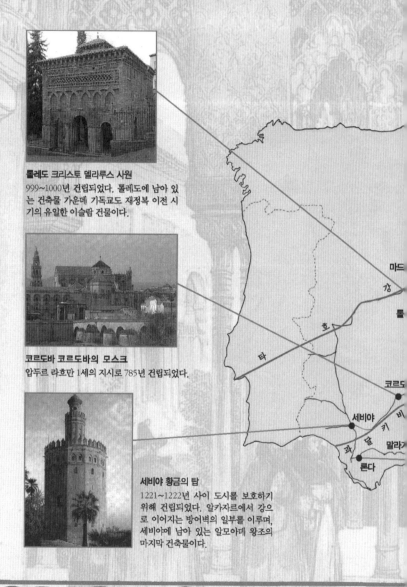

톨레도 크리스토 델라루스 사원
999~1000년 건립되었다. 톨레도에 남아 있
는 건축물 가운데 기독교도 재정복 이전 시
기의 유일한 이슬람 건물이다.

코르도바 코르도바의 모스크
압두르 라흐만 1세의 지시로 785년 건립되었다.

세비야 황금의 탑
1221~1222년 사이 도시를 보호하기
위해 건립되었다. 알카자르에서 강으
로 이어지는 방어벽의 일부를 이루며,
세비야에 남아 있는 알모아데 왕조의
마지막 건축물이다.

마드

강

틀

타

호

코르도

세비야

키

비

과

달

말라

론다

그라나다 알함브라의 사자의 정원
14세기 무함마드 5세 재위 기간 동안 건립
되었다. 열두 마리의 사자가 받치는 중앙 분
수의 입에서 나온 물이 정원 구석구석을 흐
른다.

말라가 알카자르
알모아데 왕조가 건립하였으며 무어인의 요
새로 쓰였다.

발렌시아

시에라네바다 산맥

그라나다

론다 푸엔테 산 마구엘
수령이 오래된 나무가 잘 관리
되고 있는 7헥타르 규모의 정원
으로 관광지로 유명하다.

Contents

● 알함브라 2권

이 책은 에스빠냐에서 출간된 『Tales of the Alhambra』(1832년 초판본 출간)를 바탕으로 번역하였다. 이 판본에는 『Tales of the Alhambra』에 나타난 무슬림의 역사를 에스빠냐의 입장에서 바라본 편집자 미겔 산체스(Miguel Sánchez)의 편집자 주가 실려 있다. 이 책에서는 편집자 주와 역자 주 모두 각주로 표기하되 편집자 주는 편집자 주임을 밝혀두었다.

알함브라의 방문자들

내가 알함브라에 체류한 지 거의 세 달이 되었고 그동안 계절의 흐름이 알함브라의 모습을 변화시켰다. 처음 이곳에 도착했을 때는 모든 것이 5월의 상쾌함을 띠고 있었다. 나뭇잎들은 아직 연하고 투명했으며, 석류는 그 찬란한 붉은 꽃을 피우기 전이었고, 헤닐 강과 다로 강의 과수원들에는 꽃들이 만개해 있었으며, 들꽃들은 바위산을 덮고 있었다. 또 아무렇게 자라난 장미꽃에 파묻힌 그라나다에는 셀 수 없이 많은 나이팅게일들이 밤뿐만 아니라 하루 종일 노래하고 있었다.

여름이 다가오면서 장미는 시들고 나이팅게일은 조용해졌으며 멀리 보이는 시골 풍경은 물기가 마르고 햇볕에 바짝 탄 것처럼 보였지만, 다른 한편 도시 바로 외곽과 눈 덮인 산기슭

의 깊고 좁은 계곡들은 늘 푸른 초목이 지배하고 있었다.

알함브라에는 뜨거운 기후를 겨냥해 만든 피서지들이 있는데 그중에서 가장 독특한 것이 지하 목욕탕들이다. 애처로운 쇠퇴의 흔적들이 뚜렷이 남아 있는 그 목욕탕은 아직도 그 옛날 동방의 특징을 유지하고 있다. 예전에는 꽃들로 장식했던 작은 정원으로 통하는 입구에 있는 홀은 크기는 별로 크지 않지만 건축 양식은 날렵하고 우아하다. 대리석 기둥들과 무어식 아치가 떠받치고 있는 작은 갤러리가 이 홀을 굽어보고 있고, 포장된 바닥 한가운데 있는 설화석고 분수는 아직도 물을 뿜어내며 열기를 식혀주고 있다. 양쪽에는 높은 플랫폼이 있는 깊은 벽감들이 있어서, 목욕을 끝낸 사람들은 거기서 호화로운 쿠션에 몸을 기댄 채 향으로 가득한 갤러리에서 들려오는 음악의 선율을 들으며 긴장을 풀고 향락적인 휴식을 취했다. 이 홀 너머에 자리 잡은 한층 더 은밀하고 후미진 내실들에는 둥근 천장에 난 작은 구멍들을 제외하고는 어디에서도 빛이 들어오지 않는다. 부드럽고 신비로운 빛으로 가득한 이곳은 여인들의 은밀한 지성소로, 하렘의 미녀들이 사치스러운 목욕을 즐겼다. 부서진 욕탕들은 아직도 거기에 남아 그 옛날 우아함의 흔적을 보여준다. 압도적인 정적과 흐릿한 어둠은 이곳을 박쥐들의 본거지로 만들었는데, 박쥐들은 낮 동안에는 어두운 구석과 모퉁이에 자리를 잡고 있다가 누군가의 방해를 받으면 어슴푸레한 방들을 이리저리 퍼덕이며 날아다녀 그 방들에 퍼진 방기와 쇠퇴의 분위기를 이루 말할 수 없이 고조시킨다.

최근에 나는 피서용 동굴 특유의 상쾌함과 은둔의 분위기가 느껴지는 황폐하지만 시원하고 우아한 이 은신처에서 무더운 낮 시간을 보내고 해질 무렵에나 나가, 밤에는 주정원에 있는 커다란 저수지에서 멱을 감거나 수영을 하며 보냈다. 이렇게 하여 나는, 긴장을 풀어주면서도 기운을 앗아가는 이 기후의 지배에서 어느 정도 벗어날 수 있었다.

그러나 절대적 지배권에 대한 나의 꿈은 수포로 돌아갔다. 그 꿈을 깨뜨린 것은 최근에 마치 이 성을 급습하기라도 한 듯 탑들을 뒤흔들었던 화기 발포 소식이었다. 밖으로 나가자마자 나는 하인 여럿을 거느리고 대사들의 홀을 차지한 늙은 기사를 발견했다. 그는 그라나다에 있는 자기 궁전에서 청명한 공기를 찾아 잠시 알함브라에 머무르러 온 늙은 백작으로, 퇴역군인이면서 타고난 운동가인 그는 매일 아침이면 발코니에서 제비 사냥으로 식욕을 돋우려했다. 그는 때맞춰 그의 화기를 장전해주는 민첩한 하인들 덕에 신속하게 발포는 할 수 있었으나, 한 마리라도 제비를 죽였다고 비난할 만한 일은 없었다. 그것은 무해한 오락거리였는데, 발코니 가까이 다가와 원을 그리며 날아다니거나 쏜살같이 지나가며 쨱쨱이는 새들은 오히려 그의 미숙한 사격기술을 조롱하며 그 스포츠를 더 즐기는 듯 보였기 때문이다.

이 늙은 신사의 도착은 어떤 식으로든 상황을 변화시켰지만, 더불어 유쾌한 사색거리도 제공해주었다. 우리는 그러나 다 최후의 왕들이 그랬듯이 암묵적으로 제국을 나눠 가졌지만, 무척 호의적인 동맹관계를 유지했다는 점에서는 그들과 달랐다. 그는 사자들의 정원과 그에 딸린 홀에 절대적인 지배권을 행사했고, 나는 목욕탕들이 있는 지역과 작은 린다락사 정원에 대한 소유권만을 평화로이 유지하고 있었다. 우리는 분수가 대기를 식혀주고, 물이 대리석으로 포장된 수로들을 따라 거품을 일으키며 흘러가는 사자들의 정원의 아케이드 아래에서 함께 식사를 했다.

저녁에는 이 덕망 있는 늙은 기사 주위로 그의 집안사람들이 몰려들었다. 백작부인도 열여섯 살이 된 가장 아끼는 딸과 함께 도시에서 올라와 있었다. 그리고 백작의 공식적인 하인들과, 신부와 변호사와 비서, 집사가 있었고, 게다가 그의 막대한 재산을 관리하는 다른 이들도 있었다. 이리하여 그는 일종의 가정적 궁정을 이끌고 있었는데, 거기서는 모든 사람이 자신의 즐거움이나 자존심을 버리지 않으면서도 그 백작을 즐겁게 해주려고 노력했다. 사실상 에스파냐인들의 자존심에 대해서 어떤 말이 오고가든지, 그것은 사교생활이나 가정생활에는 적용되지 않는다. 다른 어떤 민족에게서도 가족 간의 관계가 이보다 더 정답고, 이보다 더 위아래 관계가 솔직하고 진심 어린 모습은 찾아보기 힘들다. 이런 관점에서 볼 때 에스파냐의 지방 생활에는 그들이 대단히 자랑스러워하는 그 옛날의 우직함이 아직도 남아 있는 것이다.

그러나 이 가족 중에서 가장 흥미로운 사람은 아직 어린아이 티를 벗지는 못했지만 아주 매력적인 백작의 딸 카르멘이다. 그녀의 몸매는 아직 완전히 성숙하지는 않았지만 이 나라에서 흔히 볼 수 있는 섬세한 균형과 유연한 우아함을 지니고 있다. 그 푸른 눈동자와 깨끗한 피부, 가느다란 머리카락은 안달루시아에서는 흔히 볼 수 없는 것으로, 거기서 풍기는 부드러움과 온화함은 에스파냐의 미녀들에게서 흔히 볼 수 있는 정열적인 모습과는 대조되지만, 그녀의 솔직하고 순수한 태도와는 완벽한 조화를 이룬다. 또 그녀는 천부적인 재주와 매혹적인 에스파냐 여인들 특유의 다재다능함을 지니고 있어서, 노래하고 춤추고 기타와 그밖의 악기를 다루는 데 있어 사람들의 찬탄을 자아냈다.

백작은 알함브라에서 묵은 며칠 뒤 그의 성인축일에 축제를 열어 가족들과 식솔들을 모두 자기 주위에 불러 모았는데, 멀리 떨어진 그의 소유지에 살고 있는 몇몇 늙은 하인들까지 그에게 존경을 표하고 이 즐거운 행사에 참가하기 위해 찾아왔다. 매우 풍족했던 시절 에스파냐 귀족들에게 볼 수 있던 이러한 가부장적 정신은 그들의 부와 더불어 쇠퇴했지만, 이 백작처럼 아직도 그 옛날의 가문의 재산을 소유한 이들은 옛 제도의 일부를 이어가면서 재산을 낭비하거나 때로 수 세대에 걸친 게으른 재산가들이 완전히 탕진하는 경우도 있다. 국민적 자부심과 관대함 모두가 중시되는 이 사치스러운 옛 에스파냐 식 제도에 따르면 아주 늙은 하인들까지도 결코 쫓겨나는 법이 없고 평생을 돌볼 식솔이 된다. 심지어 그 하인의 자식과 그 자식의 자식들까지, 때로는 그의 부계와 모계의 친척들까지도 차례로 그 가족에 속하게 된다. 그러므로 에스파냐 귀족들의 그 거대한 성들은, 엄청난 규모에 비해 집 안의 가구의 질도 별 볼 일 없고 그 수도 적어 공허하게 허세를 부리는 듯하지만, 사실은 에스파냐의 황금기에 그 성들의 소유주였던 가부장들에게는 절대적으로 필요했던 것이다. 그 성들은 에스파냐 귀족 한 사람의 비용으로 대대로 먹고살았던 여러 세대의 식객들이 모인 거대한 막사와 다름없었다. 왕국 안의 곳곳에 소유지를 거느린 그 덕망 있는 늙은 백작은 그 땅의 일부가 거기에 살고 있는 식솔들을 간신히 먹여살리고 있으며, 여러 세대 동안 자기 조상들이 그랬던 것처럼 그들도 집세를 내지 않고 계속 거기 살아도 되는 걸로 여기고 있다고 나에게 말해주었다.

백작의 집안 축제는 평소 알함브라의 조용하던 일상을 깨뜨렸다. 음악과 웃음소리가 깊은 밤 정적이 감돌던 홀들을 울렸고, 손님들은 떼를 지어 다니며 발코니와 정원들을 보고 감탄했다. 부지런한 하인들은 마을에서 식량들을 날라 와 궁정을 가로질러 오래된 주방으로 가져갔고, 요리사들과 허드렛일꾼들의 발걸음으로 다시 생기를 되찾은 주방에서는 평소 볼 수 없던 불꽃들이 환하게 타올랐다.

말 그대로 진수성찬인 에스파냐의 정찬 연회는 '라 살라 데

라스 도스 에르마나스(두 자매의 살롱)'이라는 이름의 아름다운 무어 식 홀에 차려졌다. 풍성하고 유쾌한 주흥이 식탁 전체를 감돌았는데, 이는 에스파냐 사람들이 일반적으로는 금욕적이지만 연회에서는 제대로 즐길 줄 아는 사람들이기 때문이다. 내 입장에서도 알함브라의 왕족들의 홀에서 열린 그 연회에 독특한 흥미를 느끼고 있었는데 그것은 알함브라를 빼앗은 가장 유명한 정복자들 중 한 사람의 후손이 베푼 연회라는 점이었다. 그 덕망 있는 백작 본인은 전혀 호전적이지 않지만, 그는 그 유명한 '위대한 대장' 코르도바의 곤살보의 직계 후손이며, 그의 검을 그라나다에 있는 자기 성의 보관실에 잘 모셔두고 있었다.

연회가 끝나자 사람들은 대사들의 홀로 자리를 옮겼다. 여기서는 모든 사람이 각자 모임을 즐겁게 하느라 특별한 재능을 발휘하여 즉석에서 노래를 부르거나 경이로운 이야기를 들려주었으며, 에스파냐의 쾌락에서 결코 빠질 수 없는 부적과도 같은 기타 선율에 맞추어 춤을 추었다.

그러나 모인 사람들 가운데 가장 매력적인 사람은 주인공이자 재능 있는 어린 카르멘이었다. 그녀는 에스파냐 희극의 두세 장면에서 역할을 맡아 매력적인 연기로 재능을 과시했고,

독특하고도 기발한 솜씨와 아주 특별한 목소리로 인기 있는 이탈리아 가수의 모창을 선보였으며, 집시들과 이웃 농민들의 방언과 춤과 발라드도 흉내 냈는데, 그 모든 것을 별로 힘들이지 않으면서도 우아하고 어여쁘게 해내어 어디 한 군데 빠지지 않고 우리를 완벽히 매혹시켰다.

그러나 그녀의 연기가 보여준 가장 큰 매력은 가식이나 과시하려는 야망이 전혀 없다는 점이다. 그녀는 자기의 재능이 어느 정도인지 의식하지 못하는 것 같았고, 실제로 어린아이들이 그렇듯이 가족의 즐거움을 위해 늘 아무렇지 않게 재주를 보여주는 데 익숙했다. 하지만 그녀는 평생 가족의 품에서 지냈기 때문에 재미를 위해 즉흥적인 연기에서 선보이는 다양한 인물이나 특성을 관찰할 기회가 거의 없을 것이다. 카르멘의 관찰력과 감각은 유난히 예리한 게 틀림없다. 집안 모든 사람들은 애정과 찬탄을 듬뿍 담아 그녀를 보았고 나 역시 그 광경에 매우 흡족했다. 집안사람들도 그녀를 '라 니냐(그 아이)' 외에 다른 호칭으로 부르는 일이 없었는데, 에스파냐어에서는 이 호칭을 사용하면 부드럽고도 애정이 듬뿍 담긴 매우 독특한 느낌이 더해진다.

나는 앞으로도 알함브라를 생각할 때마다 그 대리석으로 된

홀에서 무어의 캐스터네츠 소리에 맞춰 춤을 추거나 분수의
음악에 맞춰 은빛 목소리로 노래 부르며 행복하고 순수한 소
녀시절을 보내던 이 사랑스러운 카르멘을 떠올리지 않을 수
없을 것이다.

이 축제에서는 사람들이 신기하고 재미난 전설과 구전설화
를 많이 들려주었는데 몇 가지는 이미 내 기억에서 사라졌지
만, 이제 그중에서 나에게 가장 인상 깊었던 이야기 한 편을
독자들에게 재미있게 들려주려 한다.

사랑의 순례자,
아흐메드 알 카멜 왕자

옛날 그라나다에 한 무어 왕이 살고 있었는데 그에게는 아흐메드라는 아들만 하나 있었다. 신하들은 아기 때부터 왕자가 큰 인물이 될 것이라는 명백한 징조를 발견하고 그에게 알 카멜(완벽한 사람)이라는 별명을 붙여주었다. 점성술사들도 그가 완벽한 왕자이자 번영하는 군주가 될 수 있는 모든 좋은 조건을 갖추고 있다고 예언하여 신하들의 예상을 뒷받침했다. 그러나 그의 운명에도 구름이 드리워져 있었는데, 그 구름조차 장밋빛을 띠고 있었다. 점성술사들은 그가 사랑에 치우치는 기질과 다정한 열정 때문에 엄청난 위험을 감수하게 되리라고 예언했다. 그러나 왕자가 성년에 이를 때까지 사랑의 유혹에서 차단한다면, 그런 위험을 피할 수 있고 그 이후에는 한

결같은 행복을 누릴 것이라고 했다.

왕은 이런 종류의 모든 위험을 막기 위해 현명하게도 왕자가 결코 여자를 볼 수도 없고, 사랑이라는 말조차 들을 수 없는 곳에 숨겨두고 키웠다. 이를 위해 그는 알함브라 위쪽의 산꼭대기에 바라보기만 해도 행복해지는 정원들에 둘러싸인 아름다운 성을 짓고 그 주위에는 높은 벽을 쌓았는데, 그 성은 오늘날 헤네랄리페라는 이름으로 불린다. 어린 왕자는 아랍의 현자들 가운데 가장 현명하고 가장 냉담하기로 유명한 이븐 보나벤의 보호 아래 이 성에 갇혀 살았다. 이븐 보나벤은 이집트에서 상형문자를 연구하고 묘지들과 피라미드들을 연구하며 일생을 보냈고, 가장 매혹적인 미녀들보다도 이집트의 미라에서 더 매력을 느끼는 사람이었다. 이 현자는 단 하나를 제외한 모든 지식을 왕자에게 가르치라는 명령을 받았다. 왕자는 사랑에 관해서는 철저히 무지해야 한다는 것이었다. "그 목적을 위하여 그대가 적절하다고 생각하는 모든 조치를 취하라." 왕이 말했다. "그러나 명심해라, 이븐 보나벤. 만약 내 아들이 그대의 보호 아래 있는 동안 그 금지된 지식을 조금이라도 알게 되는 날에는 그대의 머리를 내놓아야 할 것이다." 이 위협을 들은 현명한 보나벤의 메마른 얼굴에는 희미한 미소가 떠올랐다. "폐하께서는 아드님에 대해, 제가 제 머리통을 염려하지 않는 것처럼 편안한 마음을 가지소서. 제가 그런 너절한 열정에 관해 가르칠 만한 사람으로 보이십니까?"

왕자는 그 철학자의 주의 깊은 보호를 받으며 그 성과 정원들 속에 갇혀 성장했다. 그에게는 시중을 드는 흑인 노예들이 있었는데 그들은 사랑에 대해서는 아무것도 모르는 고약한 자들이었고, 아는 게 있더라도 그것을 알려줄 언어를 알지 못했다. 왕자의 교육은 이집트의 난해한 지식을 그에게 전수하려 애쓰던 이븐 보나벤이 특별히 신경 쓰고 있었지만, 왕자는 그런 지식에서는 별다른 진전을 보이지 않았고 얼마 지나지 않아 그에게는 철학적 성향이 없다는 게 분명해졌다.

그러나 그는 젊은 사람치고는 놀라울 정도로 유순하여 이 유일한 조언자의 모든 충고와 인도를 언제나 기꺼이 따랐다. 그는 하품을 참으면서 이븐 보나벤의 길고도 어려운 이야기를 끈기 있게 들었고, 그 이야기에서 온갖 종류의 지식들을 조금씩 섭취하면서 행복하게 스무 살에 이르렀다. 그는 젊은 왕자로서 놀라울 정도로 지혜로웠지만 사랑에 대해서는 철저히 무지했다.

그러나 이 무렵 왕자의 행동에 한 가지 변화가 생겨났다. 왕자가 공부는 완전히 내팽개치고 정원을 마구 거닐거나 연못가에서 깊은 생각에 잠기곤 하는 것이다. 그가 수많은 공부 가운데 잠시 배웠던 음악은 이제 그의 시간의 대부분을 차지해버렸고, 시에 대한 소양도 두드러지기 시작했다. 현명한 이븐 보나벤은 위험을 알아차리고 엄격한 대수 수업을 통해 왕자에게서 이런 가치 없는 정서를 몰아내려 노력했지만, 왕자는 혐오감을 드러내며 대수를 멀리했다. "대수는 더 이상 참을 수 없소. 나에게 그것은 혐오스러울 따름이오. 나는 좀더 마음을 움직이는 공부를 원합니다."

현자 이븐 보나벤은 그 말을 듣고 그의 메마른 고개를 흔들었다. 그는 "철학은 여기서 끝이로구나" 하고 생각했다. "왕자가 자신에게도 마음이 있다는 사실을 알아채버렸어!" 이제 초조한 마음으로 제자를 감시하기 시작한 이븐 보나벤은, 잠재돼 있던 왕자의 다정한 천성이 발동하기 시작했으며 단지 아직 그 상대를 찾지 못했을 뿐임을 알아차렸다. 왕자는 스스로 설명할 수 없는 감정에 도취되어 헤네랄리페 정원들을 헤매고 다녔다. 때로는 행복한 몽상에 빠져 앉아 있었고, 그러다가는 갑자기 류트를 집어들고 가장 감동적인 선율을 뽑아냈으

며, 그러다가는 또 그 류트를 던져버리고 한숨과 탄식을 쏟아
냈다.

그의 다정한 성향은 차츰 생명이 없는 대상들에게까지 뻗어
갔다. 그에게는 부드러운 정성으로 가꾸는 사랑하는 꽃들이
있었다. 그러다가 이제 그는 여러 나무들에게 마음을 주기 시
작했는데, 그중 특히 우아하게 나뭇잎들을 아래로 늘어뜨린
한 나무에는 아낌없는 사랑과 헌신을 쏟아 부었다. 그는 그 수
피에 자기 이름을 새기고, 가지에는 화환들을 걸어주었으며
류트 반주에 맞추어 그 나무를 찬양하는 2연 연구를 불러주기
도 했다.

현명한 이븐 보나벤은 제자의 감정이 격앙된 것을 보고 경
악을 금치 못했다. 그는 왕자가 그 금지된 지식을 손에 넣기
직전까지 와 있음을 알아차렸다. 아주 작은 암시만으로도 그
치명적인 비밀이 그에게 모습을 드러낼 터였다. 그는 왕자의
안전과 자기 머리통에 대한 염려로 벌벌 떨면서 서둘러 왕자
를 정원에서 빼내어, 헤네랄리페에서 가장 높은 탑에 가두었
다. 그 탑에는 아름다운 방들이 있었고 한없이 펼쳐진 풍경을
내려다볼 수 있었지만, 너무나 섬세한 아흐메드 왕자의 감정
에 손짓하던 그 달콤한 분위기와 나무 그늘에서는 너무 높이

떨어져 있었다.

　그러나 왕자가 이 감금을 받아들이고 시간을 지루하지 않게 보내려면 어떻게 해야 할까? 이제 이븐 보나벤에게는 왕자를 불쾌하지 않게 할 온갖 지식이 거의 다 바닥나버렸고, 대수는 말도 꺼낼 수 없었다. 다행히도 이븐 보나벤은 이집트에 있을 때 유대교 랍비에게 새들의 언어를 배워두었다. 그 랍비는 현명한 솔로몬 왕에게서 대대로 이어온 가르침을 통해 배웠고, 솔로몬 왕은 시바의 여왕에게서 배웠다. 그런 공부거리가 있다는 언급만으로도 왕자의 눈은 생기로 반짝반짝 빛났고, 어찌나 배움에 열중했는지 곧 스승만큼이나 능숙하게 새들의 언어를 구사할 수 있었다.

　헤네랄리페의 그 탑은 더 이상 고독한 곳이 아니었다. 왕자에게는 대화를 나눌 수 있는 동무들이 생겼다. 그가 처음으로 사귀게 된 것은 총안이 있는 높은 홍벽의 틈새에 둥지를 틀고, 먹잇감을 찾아 사방팔방 날아다니는 매였다. 그러나 왕자는 그 매에게서 좋아하거나 존중할 만한 점을 거의 찾지 못했다. 매는 단지 거드름을 피우고 자만심이 가득한 공중의 약탈자에 지나지 않았으며, 늘어놓는 이야기라고는 약탈과 용기와 필사적인 성취에 관한 것뿐이었다.

그 다음으로 알게 된 것은 커다란 머리와 빤히 응시하는 눈을 지닌 무척이나 박식해 보이는 올빼미인데, 그는 온종일 벽의 구멍 안에서 눈을 깜빡이거나 또록또록 굴리면서 보내다가 밤이 되어서야 돌아다녔다. 올빼미는 자신의 지식을 꽤나 자만했고 점성술이나 달, 혹마술에 관해 넌지시 이야기하기도 했지만 지독히도 형이상학에 빠져 있어서, 왕자는 올빼미의 지루한 말들이 현명한 이븐 보나벤의 설교보다 더 장황하게 느껴졌다.

그 다음에는 하루 종일 둥근 천장의 어두운 구석에 발꿈치로 매달려 있다가 황혼녘에야 단정치 못한 행색으로 나돌아다니는 박쥐가 있었다. 그러나 그 박쥐는 모든 주제에 대해 어슴푸레한 생각뿐이었고 심지어 자신도 제대로 알지 못하는 것들을 조롱했으며 아무것에서도 기쁨을 느끼지 못하는 듯했다.

이들 외에 제비가 한 마리 있었는데, 왕자는 첫눈에 이 제비가 아주 마음에 들었다. 제비는 재치 있게 말할 줄 알았지만, 잠시도 가만히 있지 못하며 부산을 떨었고 항상 날갯짓을 하고 있었다. 또 어떤 대화도 충분히 오래 나누기 힘들었다. 결국 그 제비는 사물의 표면만을 수박 겉 핥듯하는 반거들충이로 모든 것을 다 아는 척하지만 깊이 있게 아는 것은 하나도 없었다.

왕자가 새로 배운 언어로 대화를 나눌 수 있던 깃털 달린 상대들은 이들이 전부였다. 다른 새들이 드나들기에 그 탑은 너무 높았던 것이다. 그는 곧 머리에도 가슴에도 들려주는 것 하나 없는 이 새 친구들과의 대화에 싫증이 났고, 다시 차츰 외로움을 느꼈다. 겨울이 지나고 달콤한 대기와 꽃, 신록의 계절 봄이 다가왔고, 새들은 짝짓기를 하고 둥지를 짓는 행복한 시간을 보내기 시작했다. 갑자기 헤네랄리페의 작은 숲과 정원에서 터져나온 우주적인 노래와 멜로디는 외롭게 탑에 갇혀 있는 왕자에게까지 와 닿았다. 사방에서 한결같이 우주적 주제—사랑, 사랑, 사랑—가 되풀이되었고, 그 노래는 온갖 다양한 선율과 음색으로 응답을 받았다. 왕자는 침묵과 당혹감 속에서 그 소리를 듣고 있었다. "이 사랑이란 것은 대체 무엇일까?" 하고 그는 생각했다. "세상을 이토록 가득 채우고 있는 것 같으면서도 나는 전혀 모르는 그것은?" 왕자는 매 친구에게 알려달라고 요청했다. 무법자 새는 경멸하는 말투로 대답했다. "그건 저 땅 아래에 있는 통속적이고 태평한 새들에게나 물어봐야지요. 창공의 왕자들인 우리의 먹잇감들에게 말이오. 나의 업은 전쟁이고 나의 기쁨은 싸움이오. 한마디로 나는 전사이며, 사랑이라는 것에 대해서는 아무것도 모르오."

왕자는 질색을 하면서 매에게서 몸을 돌려, 둥지 속에 있는 올빼미를 찾았다. "이 새는 평화로운 습성을 가졌으니 어쩌면 내 질문에 답해줄 수 있을지도 몰라." 그래서 그는 올빼미에게 저 아래 숲에 있는 모든 새들이 노래하고 있는 그 사랑이란 게 뭔지 말해달라고 했다.

이 말에 올빼미는 위엄을 손상당한 듯한 표정을 지었다. "나의 밤은 공부와 연구를 하느라 다 흘러가고, 나의 낮은 나의 골방에서 배운 모든 것을 반추하느라 흘러간다오. 당신이 말하는 그 노래하는 새들에게 나는 단 한 번도 귀 기울여본 적이 없다오. 나는 그 새들과 그들의 주제를 경멸해요. 내가 노래를 못 부르는 것을 알라신께 감사할 정도입니다. 나는 철학자이며 그 사랑이라는 것에 대해서는 아무것도 모릅니다."

이제 왕자는 뒤꿈치로 둥근 천장에 매달린 박쥐에게 똑같은 질문을 던졌다. 박쥐는 코에 주름을 잡아 가장 퉁명스러운 표정을 지었다. "왜 당신은 그런 한심한 질문으로 내 아침잠을 방해하는 거죠?" 박쥐가 심통스럽게 말했다. "나는 다른 새들이 다 잠든 황혼에만 날아다니니 그들의 관심사로 골머리 앓는 일 따위는 하지 않아요. 나는 새도 아니고 짐승도 아니지만, 바로 그 점을 하늘에 감사한다구요. 나는 그놈들이 하는 모든 악랄한 짓을 다 알고 있고 그놈들을 하나같이 다 미워한단 말입니다. 한마디로 염세주의자인 난 그 사랑이라는 것에 대해서는 하나도 몰라요."

왕자는 마지막으로 의지할 존재인 제비를 찾다가 탑 꼭대기에서 뱅뱅 돌며 날고 있던 제비를 잡아 세웠다. 제비는 늘 그렇듯이 서둘러서 말 한마디 할 시간이 없었다. "내 맹세하는데," 제비가 말했다. "내게는 처리해야 할 공적인 업무가 너무 많고 추구해야할 목표들이 너무 많아서 그런 주제를 생각할 겨를이 없어요. 나는 매일 수천 군데를 방문해야 하고, 처리해야 할 일들이 천 가지나 되기 때문에 시시하게 노래 부르는 일에 허비할 여유가 한순간도 없다고요." 그렇게 말하고 제비는 계곡 아래로 쏜살같이 날아갔고 순식간에 왕자의 시야에서 사라졌다.

왕자는 여전히 어리둥절하고 실망했지만, 그럴수록 호기심은 커져만 갔다. 이런 기분으로 있을 때 그의 늙은 보호자가 탑으로 찾아왔다. 왕자는 다급히 그를 맞이하러 다가갔다. "오, 현명한 이븐 보나벤. 당신은 세상의 많은 지식을 나에게 알려주셨지만 내가 철저하게 무지하며 무척이나 알고 싶은 게 한 가지 있답니다."

"이 신하가 알고 있는 한 모든 것을 답해드리겠습니다."

"현인들 가운데 가장 심오하신 분이여! 저에게 말해주세요, 이 사랑이라는 것의 본성이 무엇인가요?"

현명한 이븐 보나벤은 벼락을 맞은 것 같았다. 덜덜 떠는 그는 핏기가 가셨고 자기 머리통이 어깨에 간신히 얹혀 있는 기분이었다.

"도대체 왕자님께서는 왜 그런 질문을 하시며, 어디에서 그런 쓸데없는 단어를 알게 되셨는지요?"

왕자는 그를 탑의 창가로 데려갔다. "들어보세요, 이븐 보나벤." 현자가 귀를 기울였다. 나이팅게일이 탑 아래의 잡목림에 앉아서 사랑하는 장미에게 노래를 불러주고 있었다. 꽃 핀 작은 가지들과 작은 숲마다 선율들이 솟아올랐는데, 그 한결 같은 가사는 사랑, 사랑, 사랑이었던 것이다.

"알라 악바르!(위대한 신이시여!)" 현명한 보나벤이 소리쳤다. "하늘을 나는 새들마저 사랑을 지저귀는데, 누가 이 비밀을 사람의 마음에 감출 수 있다고 자신하겠는가?"

그리고는 아흐메드에게 돌아섰다. "아, 나의 왕자님. 저 유혹하는 선율에 전하의 귀를 닫아버리소서. 이 위험한 지식 앞에 전하의 마음을 닫아버리소서. 인간 존재의 비참한 병폐들 중 절반은 이 사랑이란 것이 불러온다는 걸 아셔야합니다. 바로 그것이 형제들과 친구들 사이에 앙심과 분쟁을 불러 일으키고 배신에 의한 살해와 모든 걸 황폐하게 만드는 전쟁을 일으킵니다. 또 근심과 슬픔, 그리움에 지친 낮과 잠 못 드는 밤도 사랑을 따라다니는 것들입니다. 또 사랑은 꽃을 시들게 하고 청춘의 기쁨을 말려죽이며 일찍 찾아든 노년에 아픔과 비탄을 몰고 옵니다. 나의 왕자님, 알라신께서 전하가 사랑이라는 것을 전혀 알지 못하도록 굽어 살피시기를!"

현명한 이븐 보나벤은 서둘러 자리를 떴고 왕자는 더욱 당혹스러워졌다. 머릿속에서 그 주제를 떨쳐버리려는 노력도 소용이 없었다. 그것은 여전히 그에게 가장 먼저 떠올랐고, 헛된 추측들은 그를 약오르고 지치게 만들었다.

"분명한 건," 그가 새들의 아름다운 선율에 귀를 기울이며 말했다. "저 선율 속에는 슬픔이 전혀 없다는 거야. 모든 것이 다정하고 기쁜 것 같아. 사랑이 그런 비참함과 다툼을 불러온다면 왜 저 새들은 외롭게 축 처져 있거나 서로 물어뜯으며 싸우지 않지? 왜 저 새들은 활기차게 숲 주위를 펄럭이며 날아다니거나 꽃밭에서 저렇게 재미나게 희롱하는 거지?"

어느 날 아침 그는 푹신한 의자에 누워 이 풀리지 않는 문제에 대해 곰곰이 생각하고 있었다. 활짝 열린 그 방 창문으로는 다로 강 계곡의 오렌지꽃향기를 가득 머금은 아침의 부드러운 산들바람이 들어오고 있었다. 아직도 그 익숙한 주제를 노래하는 나이팅게일의 목소리가 희미하게 들려왔다. 왕자가 그 소리를 들으며 한숨을 쉬고 있는데, 공중에서 갑자기 거칠게 스치는 소음이 들려왔다. 매에게 쫓겨 창 안으로 날아 들어온 아름다운 비둘기 한 마리가 바닥에 떨어져 헐떡거렸고, 쫓아오던 매는 먹잇감을 놓치자 산으로 날아가버렸다.

왕자는 헐떡이고 있는 새를 안아 올려 그 깃털을 부드럽게 매만지며 자기 품에 안았다. 그의 부드러운 손길에 새가 진정되자 황금 새장에 비둘기를 넣고는 가장 하얗고 깨끗한 밀알과 맑은 물을 손수 넣어주었다. 그러나 새는 모이도 마다하고 힘없이 고개를 숙이고 애태우며 가련한 탄식만 뱉어내고 있었다.

"무엇이 너를 고통스럽게 하는 거니?" 아흐메드가 말했다. "네 마음이 원하는 것은 모두 가지지 않았니?"

"아아, 그렇지 않아요!" 비둘기가 대답했다. "지금 난 내 마음의 동반자와 떨어져 있잖아요? 그것도 이 행복한 봄날, 바로 사랑의 계절에 말이에요!"

"사랑의 계절이라!" 아흐메드가 그 말을 되풀이했다. "예쁜 새야, 내 너에게 부탁하노니, 사랑이 무엇인지 내게 말해줄 수 있겠니?"

"너무나도 잘 말씀드릴 수 있지요, 왕자님. 그것은 혼자에게는 고통이고 둘에게는 행복이며 셋에게는 싸움이자 원한이랍니다. 그것은 두 존재를 끌어당겨 하나로 모아주고, 달콤한 애정으로 그들을 하나로 만들어주는 마력이랍니다. 또 사랑하는 사람들은 함께 있으면 행복하고 떨어져 있으면 슬퍼하지요. 왕자님에겐 이렇게 부드러운 사랑에 빠지게 한 존재가 아무도 없었나요?"

"나는 그 누구보다 나의 늙은 스승인 이븐 보나벤을 좋아하지만, 그는 종종 지루하고 때때로 그와 함께 있으니 혼자 있는 것이 더 행복하단다."

"그건 내가 말하는 호감이 아니에요. 나는 사랑에 대해, 삶의 가장 위대한 신비이자 원칙이며, 청춘의 도취적인 환락이며, 성년기의 꾸밈없는 기쁨에 대해 말하는 거랍니다. 밖을 보세요, 왕자님. 그리고 이 축복받은 계절에 온 자연이 사랑으로 가득 차 있는 걸 보시라구요. 모든 피조물에게는 제 짝이 있어요. 가장 하찮은 새 한 마리도 제 짝에게 노래를 불러주고 있죠. 딱정벌레조차 저 흙먼지 속에서 암컷을 유혹하고 있고, 저기 저 탑 위에 팔랑팔랑 날아다니며 공중에서 노니는 나비들도 서로 사랑하고 있답니다. 아, 가여워라, 나의 왕자님! 그 많고도 소중한 청춘의 나날들을 사랑도 못 하고 보내셨단 말인가요? 왕자님의 마음을 사로잡고 그 가슴을 기꺼운 고통과 부드러운 소망들로 어지럽히던 다정한 여인이나 아름다운 공주님, 사랑스러운 아가씨가 없었나요?"

"이제야 이해하겠구나." 왕자가 한숨을 쉬며 말했다. "내 그런 혼란은 몇 번 겪어보았건만 그 원인을 모르고 있었구나. 그런데 이렇게 쓸쓸하고 고독한 곳에서 네가 묘사한 것 같은 그런 여인을 어디서 찾을 수 있단 말이냐?"

그들은 좀더 얘기를 나누었고 이렇게 사랑에 관한 왕자의 첫 수업은 마무리되었다.

"슬프도다! 사랑이 정말 그렇게 기쁜 것이고, 사랑을 방해받는 것이 그토록 비참한 일이라면, 알라신은 나에게 그를 섬기는 존재들의 기쁨을 해치는 짓은 금하실 게다." 그는 새장을 열고 비둘기를 꺼내 다정하게 입을 맞춘 뒤 창가로 데려갔

다. "가거라, 행복한 새야. 네 마음의 동반자와 함께 청춘의 봄날을 즐겨라. 사랑이 결코 들어올 수 없는 이 황막한 탑에서 너를 나의 감방 동료로 만들어서야 되겠느냐?"

비둘기는 환희에 들떠 날개를 퍼덕이더니 단숨에 공중으로 도약했다가 다로 강의 꽃피는 나무들을 향해 바람을 가르며 아래로 돌진했다.

왕자는 눈으로 비둘기를 좇다가 씁쓸한 푸념을 쏟아냈다. 전에는 그를 기쁘게 해주던 새들의 노래가 이제는 마음을 더욱 쓰라리게 할 뿐이었다. 사랑! 사랑! 사랑! 슬프도다, 불쌍한 청춘이여! 이제야 그도 그 말을 이해할 수 있었다.

다음번에 현자 보나벤을 보았을 때 그의 눈에서는 불꽃이 튀었다. "왜 당신은 제가 계속 이렇게 한심하리만치 무지하게 두셨나요?" 그가 소리쳤다. "가장 하찮은 벌레조차 그렇게 잘 알고 있는 삶의 가장 큰 신비와 이치를 왜 저에게는 전해주지 않았습니까? 온 자연이 한껏 기쁨을 즐기는 걸 보세요. 모든 피조물이 제 짝들과 기쁨을 나누고 있어요. 이것, 이게 바로 내가 배우고자 했던 바로 그 사랑입니다. 왜 나는 사랑에 빠져서는 안 되나요? 왜 내 청춘의 그렇게 많은 시간은 그 황홀한 기쁨도 모른 채 흘려버려야 했나요?"

현자 보나벤은 더 이상 감추는 건 소용없는 일이란 걸 알았다. 왕자는 이미 위험한 금지된 앎을 얻었기 때문이다. 그래서 그는 왕자에게 점성술사들의 예언과 그 위협적인 결말을 피하기 위해 그의 교육에 쏟아진 예방조처들에 대해 말해주었다. "그리고 왕자님," 하고 그는 덧붙였다. "이제 제 목숨은 왕자님 손에 달렸습니다. 왕께서는 왕자님이 제 보호 아래 있는 동안, 사랑의 열정을 알게 되시면 그 책임으로 제 목을 달라 하셨습니다."

왕자는 그 나이의 젊은이들 가운데 가장 이성적인 사람이었고 스승의 충고를 잘 새겨들었으므로 그에게 해가 될 말은 전혀 하지 않았다. 게다가 그는 현명한 보나벤을 정말로 좋아했고, 이제 이론적으로나마 사랑의 열정에 대해 알게 되었으니 그 철학자의 목숨을 위태롭게 하기보다 그 앎을 자기 가슴속에만 간직하기로 했다.

그러나 그가 정말로 분별이 있는지를 증명하려면 앞으로 더 많은 증거를 대야할 일이 닥쳐올 터였다. 며칠이 지난 어느 아침, 왕자가 탑의 흉벽에서 깊은 생각에 잠겨 있을 때 그가 풀어줬던 비둘기가 날아오더니 그의 어깨에 가볍게 내려앉았다.

왕자는 비둘기를 자기 가슴께로 가져다 쓰다듬었다. "행복한 새야," 하고 그가 말했다. "날개가 있어 날 수 있고 세상 끝까지도 갈 수 있는 비둘기야. 나와 헤어진 뒤에는 어디에 있었니?"

"먼 시골에 갔었답니다. 왕자님. 저를 자유롭게 풀어준 보답으로 거기서 제가 왕자님께 소식을 가져왔어요. 하늘을 날아다니니 저는 평원과 산들까지도 볼 수 있지요. 저는 그 아래에 있는 온갖 과일과 꽃으로 가득한 행복해 보이는 정원을 바라보고 있었답니다. 구불구불한 강가의 초록빛 초원에 있는 정원이었는데 그 한가운데에는 저택이 있었어요. 저는 피곤한 비행 뒤에 좀 쉬려고 나무에 내려앉았답니다. 제 아래에 있던 녹색 제방에는 아주 사랑스럽고 꽃다운 나이의 젊은 공주님이 있더군요. 그 공주님은 자기만큼이나 어린 하녀들에게 둘러싸여 있었는데, 그들은 화환들과 화관으로 공주님을 장식해주고 있었지요. 들판이나 정원의 어떤 꽃도 그 공주님의 사랑스러움에 비할 수 없었어요. 하지만 그 공주님도 높은 벽에 둘러싸여 어떤 남자도 들어갈 수 없는 그 정원 안에서 아무도 모르게 꽃을 피우고 있었지요. 그렇게 젊고 순수하고 세상의 때가 묻지 않은 아름다운 아가씨를 보자, 저는 왕자님께 사랑의 영감을 불어넣기 위해 하늘이 창조하신 존재가 여기 있구나 하는 생각이 들지 뭐예요."

비둘기의 묘사는 아흐메드의 타오르는 가슴에 불을 붙이는 불꽃이었다. 왕자의 마음속에서 잠자고 있던 모든 사랑의 힘은 순식간에 그 상대를 발견했고, 그는 그 공주에 대해 헤아릴 수 없이 막대한 열정을 품었다. 그는 가장 열렬한 언어로, 열정적인 헌신을 불어넣어, 그녀를 찾아 나서 그녀의 발아래 자신을 내던질 수 없게 하는 불행한 구속을 한탄하는 편지를 썼다. 또 그는 천성적인 시인인데다가 사랑의 영감까지 받은 참이라, 가장 다정하고 감동적인 호소력이 담긴 2행 연구 시편들도 덧붙였다. 수신자와 발신자로는 '미지의 미녀에게, 포로가 된 아흐메드 왕자'라고 썼다. 그러고는 머스크 향과 장미향을 뿌리고는 비둘기에게 그 편지를 건넸다.

"가거라, 가장 진실한 전령이여! 산과 계곡과 강과 평원을 가로지르거라. 내 마음의 주인이 된 그녀에게 이 편지를 전해주기 전까지는 나뭇가지에 앉아 쉬거나 발을 땅에 딛지도 마라."

비둘기는 하늘 높이 올라가 방향을 정하더니 길을 벗어나지 않고 곧바로 날아갔다. 왕자는 비둘기가 구름에 난 점 하나로 보이다가 차츰 산 뒤로 사라져버리고 나서야 눈을 뗐다.

그는 하루하루 사랑의 전령이 돌아오기를 기다렸지만 그것은 헛된 기다림이었다. 왕자가 비둘기의 건망증을 탓하기 시작한 어느 날 황혼 무렵, 푸드덕거리며 방으로 날아온 그 신의 있는 새는 왕자의 발아래에 쓰러져 숨을 거두었다. 어떤 무자비한 사냥꾼의 화살이 가슴을 꿰뚫었는데도 비둘기는 남은 목숨으로 자신의 임무를 다하려고 전력을 다했던 것이다. 왕자가 슬픔에 빠져 그 충실한 순교자에게 몸을 구부렸을 때 비둘기의 목에 진주목걸이가 걸려 있고 거기에는 유약을 바른 작은 그림이 달려서 비둘기의 날개 아래 감춰져 있었다. 거기에는 꽃다운 나이의 사랑스러운 공주의 모습이 그려져 있었다. 그것은 의심할 여지없이 그 정원에 거하는 미지의 공주가 분명할 테지만, 그녀는 대체 누구이고 어디에 있는 것일까? 그녀는 그의 편지를 받고 어땠을까? 그리고 이 그림은 그의 열정을 받아들인다는 표시일까? 불행히도 충실한 비둘기의 죽음은 모든 것을 수수께끼로 남겨놓았다.

왕자가 그림을 뚫어지게 들여다보고 있는데 이윽고 그의 눈에 눈물이 그득 고였다. 그는 그림을 자신의 입술에, 그리고 가슴에 대고 꼭 눌렀다. 그는 공주의 다정한 얼굴을 보고는 고뇌에 빠져 몇 시간이고 그 그림을 바라보았다. "아름다운 그림이여. 서글프구나. 너는 그저 그림일 뿐! 그러나 너의 촉촉한 눈망울은 나를 향해 정다운 눈빛을 보내는구나. 그 장밋빛 입술은 나를 격려하려는 듯해. 하지만 헛된 망상이야! 공주는 이 눈빛으로 나보다 더 행복한 경쟁자들도 바라보겠지? 그러니 이 넓고넓은 세상에서 공주를 찾을 수 있으리라고 어찌 기대한단 말인가? 어느 산들과 어느 왕국들이 우리를 갈라놓고 있는지, 어떤 불리한 우연이 우리를 방해할 것인지 누가 알겠는가? 어쩌면 지금, 내가 여기 탑에 갇혀 그녀의 환영을 연모하며 시간을 허비하는 바로 이 순간에도 연인들이 그녀를 에워싸고 있을지도 모르지."

아흐메드 왕자가 결단을 내렸다. "나는 끔찍한 감옥인 이 성에서 달아나겠어. 그리고 사랑의 순례자가 되어 온 세상을 뒤져서라도 그 미지의 공주를 찾아낼 거야." 모든 사람이 깨어 있는 낮에는 탈출이 어렵겠지만, 밤에는 성의 경비도 느슨해질 것이다. 게다가 언제나 성에 갇혀 순순히 살아온 왕자가 그런 시도를 하리라고는 아무도 염려하지 않을 터다. 그러나 지리를 전혀 모르는 그가 어둠 속에서 어떻게 길을 찾아가겠는가. 그는 밤 비행에 익숙하며 모든 샛길과 비밀 통로를 알고 있는 올빼미를 생각해냈다. 왕자는 올빼미의 은둔지를 찾아가 그에게 이 나라 지리에 대해 물었다. 이 질문에 올빼미는 엄청나게 거만한 표정을 지었다. "오, 왕자님도 분명 아시겠지만 우리 올빼미들은 아주 오랫동안 대가족을 이루고 살았습니다. 다소 몰락하기는 했지만 에스파냐의 모든 지역에 낡은 성과 궁전들을 거느리고 있지요. 산에 있는 탑이든 평원에 있는 요새든 도시의 오래된 성채든 나의 형제나 숙부나 사촌 중 누군가가 살고 있지 않은 곳은 없지요. 또 수많은 친척들을 돌아가며 방문하는 동안 나는 구석진 곳과 모퉁이를 모조리 탐색하고 다녔기에 이 나라에 있는 비밀장소는 모두 다 익히 알고 있습니다." 왕자는 올빼미가 지리에 그렇게 정통하다는 사실에 매우 기뻐하며, 자신의 열정적인 사랑과 탈출 계획을 올빼미에게 털어놓고는 자신과 동행하며 조언해달라고 간곡히 부탁했다.

"당장 나가주세요!!" 올빼미가 불쾌한 표정으로 말했다. "내가 남의 연애문제에 끼어들 새 따위로 보입니까? 모든 시간을 명상과 달에 바치는 내가 말입니까?"

"기분 나빠하지 마라, 가장 근엄한 올빼미여." 왕자가 대답했다. "한 번만 그 명상과 달에서 관심을 돌려 나의 탈출을 도와다오. 그러면 너는 네가 원하는 모든 것을 얻게 될 것이다."

"나는 이미 그것을 갖고 있어요." 올빼미가 말했다. "나의 검소한 식사는 생쥐 몇 마리면 충분하고, 총안은 내 공부방으로 충분히 넓습니다. 그 외에 나 같은 철학자가 무엇을 더 원하겠습니까?"

"잘 생각해봐라. 가장 현명한 올빼미야. 네가 좁은 방안에서 울적하게 달만 관찰하고 있는 동안 너의 모든 재능은 세상에 쓰이지 못하고 낭비되지 않느냐. 언젠가 나는 이 나라를 다스리는 왕이 될 테고 그러면 너에게 명예와 권세가 있는 지위를 줄 수 있어."

철학자인데다 평범한 일상 외에 더 바랄 게 없다던 올빼미도 야망을 넘어서지는 못했기에, 마침내 왕자의 탈출에 동참하여 왕자의 순례에서 안내자와 조언자 역할을 맡아주기로 했다.

사랑에 관한 계획은 즉각 실행에 옮겨지는 법이다. 왕자는 노잣돈으로 쓰려고 자신의 모든 보석을 챙겨 보이지 않게 몸에 숨겼다. 바로 그날 밤 그는 탑의 발코니에서 스카프를 타고 내려가서 올빼미의 안내를 받아 헤네랄리페의 담을 기어 넘어갔고, 아침이 되기 전에 산까지 탈출할 수 있었다.

그는 앞으로의 여정에 대해 조언자와 의논했다.

"내가 충고를 해도 괜찮다면," 올빼미가 말했다. "세비야로 가시라고 추천하겠습니다. 몇 년 전, 저는 세비야의 알카사르의 한 낡은 건물에 살고 있던, 대단한 위엄과 권세를 지닌 숙부를 방문했었지요. 밤에 그 도시 위를 떠돌아다니던 저는 어떤 외로운 탑에서 타오르는 불빛을 발견했답니다. 마침내 그 흉벽에 가서 앉아보고는 그 불빛이 한 아라비아 마법사의 램프에서 새어나오는 것임을 알게 되었어요. 그는 마법에 관한 책들에 둘러싸여 있었고, 그의 어깨에는 그가 이집트에서 데려온 그의 조수인 늙은 갈가마귀가 앉아 있었어요. 나는 그 갈가마귀와 알고 지내게 되었고 제가 알고 있는 지식 대부분이 그에게 배운 것입니다. 그후에 그 마법사는 죽었지만 갈가마귀는 놀라울 정도로 수명이 길기 때문에 아직도 그 탑에 살고 있지요. 왕자님, 그 갈가마귀를 찾아가보세요. 그는 점쟁이이자 마법사인데다가 모든 갈가마귀들이 정통한, 그중 특히 이집트 출신의 갈가마귀들이 뛰어난 흑마술을 할 줄 압니다."

왕자는 이 조언에 감탄하고는 그 말에 따라 세비야로 발길을 돌렸다. 그는 동행하는 올빼미의 편의를 위해 밤에만 여행하고 낮에는 어두운 동굴이나 무너져가는 감시탑에서 시간을 보냈다. 그 올빼미는 온갖 종류의 숨을 구멍을 다 알고 있었고 골동품 애호가다운 취향 때문에 폐허를 유난히 좋아했기 때문이다.

　이윽고 어느 날 아침 동틀 무렵에 그들은 세비야에 도착했고, 올빼미는 환한 빛과 북적거리는 거리의 소란스러움을 몹시 싫어했기 때문에 성문 밖 속이 텅 빈 나무에 자리를 잡았다.

　왕자는 성문 안으로 들어갔고 그 도시의 주택들 위로 마치 사막의 작은 관목들 사이에 우뚝 선 야자나무처럼 높이 솟은 마법의 탑을 쉽게 찾을 수 있었다. 그것은 히랄다 탑이라고 알려진 세비야의 유명한 무어 식 탑으로 오늘날에도 그 자리에 서 있다.

　커다란 나선형 계단을 따라 탑 꼭대기까지 올라간 왕자는, 거기서 늙고 신비로우며 회색 머리에 손질하지 않은 깃털, 막이 덮인 한쪽 눈알을 달고 유령처럼 보이는 카발라에 정통한 그 갈가마귀를 발견했다. 갈가마귀는 한 다리로 서서 머리를 한쪽으로 돌리고, 다른 쪽 눈으로 포장된 바닥에 그려진 도해를 뚫어지게 보고 있었다.

왕자는 그 고색창연한 외양과 초자연적 지혜를 보며 자연스럽게 솟아난 외경심과 존경심을 품고 그 갈가마귀에게 다가 갔다. "실례합니다. 연로하시고 어두운 지혜를 가지신 갈가마귀님." 왕자가 큰소리로 말했다. "세계의 경이를 연구하시는 그 일을 제가 잠시만 방해해도 괜찮겠습니까. 지금 당신 앞에 있는 저는 사랑하는 이를 찾을 방법에 대해 조언을 구하려 찾아온 사랑의 신봉자입니다."

"바꿔 말하면," 갈가마귀가 의미심장한 표정으로 말했다. "너는 내 수상술을 시험해보고자 한다는 말이렷다. 이리 와서 네 손을 나에게 보여다오. 그러면 내 그 신비한 운명의 선들을 해독해주겠다."

"외람되지만, 제가 찾아온 것은 알라께서 필멸의 인간들의 눈 아래 감추어두신 운명을 파헤치고자 함이 아닙니다. 저는 사랑의 순례자이며 오직 제 순례의 목표에 도달할 실마리를 찾고자할 따름입니다." 왕자가 말했다.

"너는 어찌 사랑이 충만한 안달루시아에서 그 연인을 찾지 못한단 말이냐?" 늙은 갈가마귀가 한쪽 눈알로 왕자를 훑어 보며 말했다. "무엇보다 모든 오렌지나무숲마다 검은 눈동자의 아가씨들이 삼브라 춤을 추고 있는 이 방탕한 세비아에서도 그 상대를 찾지 못한다고?"

왕자는 얼굴을 붉혔고 이 무덤 같은 곳에서 한 다리로 선 늙은 새가 그렇게 분방하게 이야기하는 것에 다소 충격을 받았다. "저를 믿어주세요." 그가 진지하게 말했다. "저는 당신의 암시처럼 그렇게 경박하고 변덕스러운 편력에 나선 것이 아닙니다. 과달키비르의 오렌지나무숲에서 춤추는 안달루시아의 검은 눈동자를 가진 아가씨들은 저에게 아무 의미가 없습니다. 저는 알지는 못하지만 완벽한 아름다움을 지닌, 이 그림 속의 실제 인물을 찾고 있습니다. 그리고 가장 지혜로운 갈가마귀인 당신이, 만약 그녀를 어디서 찾을 수 있는지 당신의 지식과 마술로 알아낼 수 있다면 그곳을 저에게 알려주십시오."

회색 머리 갈가마귀는 왕자의 진지함에 질책을 받은 기분이 들었다. "젊음과 아름다움에 대해 내가 뭘 알겠느냐?" 갈가마귀가 냉담하게 말했다. "나를 찾아오는 이들은 늙고 시든 이뿐, 생생하고 아름다운 이는 없다. 운명의 전령인 나는 굴뚝 위에서 불길한 목소리로 죽음의 전조를 알리고 병든 자의 창가에서 날개를 퍼덕이지. 네가 그 미지의 미녀에 관해서 알고자 한다면 다른 이를 찾아봐야할 것이다."

"운명의 책을 꿰고 있는 지혜의 아들들이 아니라면 누가 저를 도울 수 있겠습니까? 한 왕국의 왕자인 나는 별들이 점지해준 운명을 띠고 신비로운 모험에 내보내졌으며 어쩌면 거기에 왕국들의 운명이 걸려 있을지도 모릅니다."

갈가마귀는 별들이 관심을 가졌던 왕자의 굉장한 탄생의 순간에 대한 이야기를 듣자 어조와 태도를 바꾸고 주의 깊게 귀를 기울였다. 이야기가 끝나자 갈가마귀는 이렇게 대답했다. "내가 날아다니는 곳은 정원이나 여자들의 규방 근처가 아니므로 그 공주에 관해서는 아무런 대답도 해줄 수 없다. 서둘러 코르도바로 가서 그곳의 가장 중심인 모스크의 마당에 심은 위대한 압데라만의 야자나무를 찾아라. 그 아래에서 그대는 모든 나라와 모든 궁정을 방문했고 왕비들과 공주들의 총애를 받고 있는 위대한 여행가를 찾을 수 있을 것이다. 그가 그대에게 그 공주에 관한 소식을 알려줄 것이다."

"소중한 것을 알려주셔서 대단히 감사합니다. 안녕히 계십시오. 가장 존경스러운 마법사여."

왕자는 급히 세비야를 빠져나와, 아직도 텅 빈 나무 안에서 졸고 있던 동행자 올빼미를 찾아 코르도바로 출발했다.

그는 과달키비르의 아름다운 계곡이 내려다보이는 공중정

원들과 오렌지와 시트론 숲을 따라 코르도바에 다다랐다. 성문 앞에 도착했을 때 올빼미는 어두운 총안으로 날아 들어갔고 왕자는 그 옛날 위대한 압데라만이 심은 야자나무를 찾아 나섰다. 그 나무는 모스크의 넓은 마당 한가운데에 오렌지나무와 사이프러스나무 사이에 높이 솟아 있었다. 그 마당의 회랑 아래에는 탁발승과 고행자들이 앉아 있었고, 많은 신도들이 모스크에 들어가기 전 분수 가에서 기도를 올리고 있었다.

그 야자나무 아래에는 한 무리의 사람들이 대단한 입담을 자랑하는 누군가의 말에 귀를 기울이고 있었다. "이 사람이 바로 나에게 미지의 공주의 소식을 알려줄 그 위대한 여행자가 틀림없어." 왕자가 혼잣말을 했다. 그는 사람들 무리에 섞여 들어갔다가, 그들 모두가 귀를 기울이고 있는 것이 교만한 눈빛에 볏을 꼿꼿이 세우고 밝은 녹색 윗도리를 입은 앵무새임을 알고 깜짝 놀랐다. 그 새는 굉장히 자만에 차 있었다.

왕자가 구경꾼 중 한 사람에게 말했다. "어떻게 이렇게 많은 진지한 사람들이, 한갓 지저귀는 새의 수다에 기뻐할 수 있나요?"

"당신은 저 새를 모르는군요." 그 구경꾼이 말했다. "이 앵무새는 이야기를 들려주는 재주로 유명한 그 페르시아 앵무새의 후손이랍니다. 동방의 모든 학식을 제 혀끝에서 능란하게 다루고 말하는 속도 만큼이나 빠르게 시구들을 인용할 줄 안답니다. 그 새는 여러 나라를 방문했었는데, 거기서도 박식한 예언자로 대접을 받았지요. 또 여성들은 시를 인용할 줄 아는 박식한 앵무새에게 무척이나 감탄하기 때문에 저 앵무새는 모든 여성의 사랑을 한 몸에 받고 있답니다."

"그만하면 충분하네요." 왕자가 말했다. "저 특별한 여행가와 단둘이 이야기를 좀 나누어야겠습니다."

왕자는 개인면담을 신청하여 자기가 찾아온 일에 관해 앵무새에게 설명했다. 왕자가 말을 꺼내기 무섭게 앵무새는 온몸을 흔들면서 발작적인 웃음을 터뜨려, 심지어 눈물까지 맺힐 정도로 웃어댔다. "요란하게 웃는 걸 용서하세요." 앵무새가 말했다. "하지만 사랑이라는 말은 듣기만 해도 항상 이렇게 웃음이 터진답니다."

왕자는 경우에 맞지 않는 이 웃음에 충격을 받았다. "사랑은 자연의 가장 위대한 신비이며, 인생의 비밀스러운 원칙이며 우주적 결합이 아니던가요?"

"그만!" 앵무새가 소리를 질러 왕자의 말을 잘랐다. "도대체 당신은 어디서 그런 감상적인 허튼소리를 배운 거요? 내 말

새겨들어요. 사랑이란 유행이 한참 지났단 말이오. 재치 있고 세련된 사람들 사이에서는 사랑 얘기 같은 건 결코 들을 수 없어요."

왕자는 전혀 다르게 말했던 자기 친구 비둘기를 떠올리며 한숨을 쉬었다. 그는 이 앵무새가 궁정 주위에서만 살아온 통에 재치 있고 세련된 신사들 흉내만 내고 있을 것이고, 그러니 사랑이란 것에 대해서는 아무것도 모른다고 생각했다. 그는 자신의 가슴을 가득 채우고 있는 감정에 대해 더 이상 조롱받고 싶지 않아, 서둘러 자기가 방문한 목적에 대해 질문했다.

"말해주세요. 가장 조예가 깊은 앵무새여. 당신은 어디서나 미녀들이 있는 가장 은밀한 처소까지도 가볼 수 있었으니, 그런 여행 중에 이 초상화의 주인을 만난 적이 있나요?"

앵무새는 발톱으로 초상화를 받아 쥐고는 고개를 이쪽저쪽으로 돌려가며 호기심 가득한 두 눈으로 꼼꼼히 살폈다. "나의 명예를 걸고 말하건대," 앵무새가 입을 열었다. "아주 예쁜 얼굴이네요. 아주 예뻐요. 하지만 여행을 하다보면 예쁜 여인들을 아주 많이 보게 되기 때문에 도저히…… 아니 잠깐만…… 아이고, 이런! 이제 다시 보니 이건 알데곤다 공주가 분명하네. 내가 그렇게도 좋아했던 분인데 어찌 잊을 수가 있겠어요!"

"알데곤다 공주라고!" 왕자가 따라 말했다. "그러면 어디서 그녀를 찾을 수 있나요?"

"조용히, 좀 조용히 말해요." 앵무새가 말했다. "하긴 그녀를 얻는 것보다는 찾는 게 쉽지요. 그녀는 톨레도를 지배하는 기독교인 왕의 외동딸인데, 그 참견하기 좋아하는 점쟁이들의 예언인지 뭔지 때문에 열일곱 번째 생일이 될 때까지 세상에 나오지 못하고 갇혀 있답니다. 하여 당신은 그녀를 볼 수 없을 거예요. 남자는 아무도 그녀를 볼 수 없지요. 나는 그녀를 즐겁게 해주라는 임무를 띠고 그녀 곁에 가볼 수 있었지만. 세상을 다 돌아본 앵무새로서 장담하는데 나는 살면서 그보다 훨씬 멍청한 공주들과도 이야기를 많이 나누어보았답니다."

"소중한 앵무새야, 내가 은밀히 말해주는 것인데, 나는 한 왕국의 황태자이며 언젠가는 왕위에 오를 몸이란다. 그대는 다재다능한데다 세상을 잘 아는 새로구나. 내가 그 공주를 얻도록 도와준다면 내 너를 승격시켜 궁정에서 특별한 지위를 주겠노라."

"진심으로 도와드리지요." 앵무새가 말했다. "하지만 가능

하면 한직으로 주십시오. 우리 재치 있는 앵무새들은 일을 무척 싫어하니까요."

합의는 신속하게 이루어졌다. 왕자는 들어왔던 그 성문을 통해 코르도바에서 돌아 나가서 총안에 있던 올빼미를 불러내어 새로운 길동무이자 동료 석학인 앵무새를 소개해주고, 다함께 여행길에 나섰다.

그들의 여행은 왕자의 조바심에 비해 너무 느렸다. 앵무새는 여유로운 생활에 익숙해서 이른 아침에 방해받는 것을 싫어했고, 한낮에 자야만 하는 올빼미의 긴 시에스타는 엄청난 시간을 허비하게 했다. 오래되고 낡은 것을 좋아하는 올빼미의 취향도 문제가 되었는데, 폐허를 발견할 때마다 멈춰서 살펴보고 가자고 고집했고, 거쳐 가는 지방마다 모든 오래된 탑과 성들에 대해 기나긴 전설을 늘어놓았다. 왕자는 올빼미와 앵무새가 둘 다 학식 있는 새들이기 때문에 서로 함께 있으면 좋아하리라 생각했었지만, 그것은 일생일대의 착각이었다. 그들은 끊임없이 서로 언쟁을 벌였다. 한 마리는 재담꾼이고 한 마리는 철학자였던 것이다. 앵무새는 시를 인용하고, 새로 읽은 모든 것에 관해 비평했으며, 잡다하고 얄팍한 지식을 유창하게 늘어놓았다. 올빼미는 그러한 지식들은 하찮다고 여겼으며 형이상학 외에는 아무것도 좋아하지 않았다. 그리하여 앵무새는 노래를 부르고 재담을 되풀이하며 근엄한 이웃에게 쉴 새 없이 농담을 던지고 제 재치에 저 혼자 요란하게 웃어댔으며, 이 모든 행동을 자신의 위엄을 무시하는 처사라 여긴 올빼미는 못마땅해서 얼굴을 찌푸리고 분노로 온몸을 떨며 뾰루퉁해져 종일 한 마디도 하지 않았다.

왕자는 길동무들의 언쟁에는 귀를 기울이지 않고 자기만의 공상에 푹 빠져 아름다운 공주의 초상화를 바라보고 있었다. 이런 식으로 그들은 시에라 모레나의 험한 산 고개를 넘고 라만차와 카스티야의 햇살 따가운 평원을 가로지르고, 에스파냐와 포르투갈에 걸쳐 뻗어 있는 '황금빛 타호 강'＊의 미로처럼 구불구불 얽혀 있는 제방을 따라 걸어갔다. 마침내 바위가 많은 벼랑 위에 지어진 성벽과 탑들로 이루어진 막강한 도시가 그들의 눈앞에 펼쳐졌고, 그 벼랑 아래에는 타호 강이 격렬하고 요란하게 굽이치고 있었다.

"보세요." 올빼미가 소리쳤다. "그 고풍스러움으로 잘 알려

＊ 이베리아 반도에서 가장 긴 강으로 에스파냐와 포르투갈에 걸쳐 있다. 마드리드 동쪽에서 시작하여 포르투갈의 리스본을 거쳐 대서양으로 흘러든다. 길이는 1007km. 라틴어로 타구스(Tagus), 에스파냐어로 타호(Tajo), 포르투갈어로는 테후(Tejo)라고 불린다.

진 오래되고 유명한 도시 톨레도랍니다. 세월이 지나면서 고색창연해지고 전설적인 장엄함에 둘러싸인 저 유서 깊은 돔들과 탑들……나의 수많은 조상들께서 명상하셨던 곳이지요."

"쳇!" 앵무새가 올빼미의 장중한 기쁨을 방해하며 소리쳤다. "고물들이나 전설이나 네 조상들 따위가 우리와 무슨 상관이냐? 우리의 목적에 더 맞는 것을 봐야지. 저기 젊은 미녀들의 처소를 말이야. 왕자님 드디어 보십시오. 저기가 왕자님께서 오랫동안 찾던 그 공주님이 사시는 곳입니다."

왕자는 앵무새가 가리킨 방향으로 시선을 돌려, 타호 강가의 푸르른 초원에 있는 아름다운 정원의 나무숲 한가운데에 선 화려한 궁전을 보았다. 그것은 비둘기가 묘사한 그대로였다. 그는 방망이질치는 가슴으로 그 궁전을 바라보았다. "아마도 지금 그 아름다운 공주는 저 나무그늘 아래서 놀고 있거나, 저 웅장한 테라스를 부드러운 발걸음으로 거닐거나 저 높은 지붕 아래에서 쉬고 있겠지!" 하고 왕자는 생각했다. 더 자세히 바라보니 접근을 막기 위해 정원의 벽들이 대단히 높이 세워져 있었고 무장한 경비병 여럿이 그 주위를 순찰하고 있었다.

왕자는 앵무새에게로 돌아섰다. "모르는 것이 없는 앵무새야. 너에게는 인간의 말을 할 줄 아는 재능이 있지. 어서 저 정원으로 가서 내 영혼의 우상을 찾아 그녀에게 사랑의 순례자 아흐메드 왕자가 별들의 안내로 타호 강가의 꽃이 핀 제방에 도착했노라고 전해다오."

앵무새는 사절의 임무를 뿌듯해하며 정원으로 날아가 그 높은 담벼락 위에 내려앉았다가, 잔디와 숲 위를 한 바퀴 돈 다음 강 위로 드리워진 누각의 발코니에 내려앉았다. 창틀 안을 들여다보니 긴 의자에 누운 공주가 종이 한 장을 뚫어져라 쳐다보고 있었다. 공주의 눈에서 살며시 눈물이 방울방울 솟아났고 이내 그녀의 창백한 뺨을 타고 흘렀다.

앵무새는 잠시 깃털을 가다듬고 밝은 초록 코트를 바로잡고 볏을 더 높이 세운 다음, 정중히 공주 옆에 내려앉았다. 그러고는 부드러운 어조로 말했다. "눈물을 닦으세요. 세상에서 제일 아름다운 공주님. 제가 당신의 마음을 위로하려고 왔답니다."

공주는 목소리를 듣고 깜짝 놀라 돌아보았다가, 초록색 코트를 입고 고개를 까딱이며 자신에게 절하고 있는 작은 새 한 마리를 발견했다. "아아! 네가 무슨 위안을 줄 수 있겠니?" 공주가 말했다. "너는 고작 앵무새일 뿐인 걸."

앵무새는 그 말에 화가 났다. "저는 그동안 여러 아름다운 숙녀 분들을 위로해왔습니다. 하지만 그 이야기는 그냥 넘어가지요. 지금은 왕자님의 사절로 온 것이니까요. 그라나다의 아흐메드 왕자가 당신을 찾아서 여기까지 와 있다는 것, 그리고 바로 지금 타호 강의 꽃핀 강둑에 계시다는 걸 알려드립니다."

이 말을 들은 아름다운 공주의 눈은 그녀의 작은 왕관에 박힌 다이아몬드들보다 더 환히 빛났다. "아, 가장 사랑스러운 앵무새야." 그녀가 벅찬 목소리로 말했다.

"너는 정말로 기쁜 소식을 전해주는구나. 나는 아흐메드 왕자님의 마음이 변치 않았는지 확신할 수 없어서 죽을 만큼 기운이 없고 지치고 아파하고 있었단다. 너는 어서 왕자님께 돌아가 그가 편지에 쓴 말들이 나의 심장에 깊이 새겨졌으며 그의 시가 내 영혼의 양식이 되었노라고 전해드려라.

그러나 그의 사랑을 보여주기 위해서는 전투를 준비하셔야 한다는 것도 전해라. 내일은 나의 열일곱 번째 생일인데, 왕이신 나의 아버지께서 마상시합 대회를 크게 여실 거란다. 참석한 왕자들 가운데 승리한 자가 그 상으로 나와 결혼을 하게 된다는구나."

앵무새는 다시 날아올라 숲을 헤치고 왕자가 기다리고 있는 곳으로 돌아갔다. 그동안 숭배해왔던 그 초상화 속 여인을 찾아낸데다 그녀가 상냥하고도 진실하다는 것을 알게 된 아흐메드가 느낀 환희는 백일몽이 현실이 된 행운을 맛본 사람만이 상상할 수 있을 것이다. 그러나 그의 지극한 행복을 방해하는 것이 하나 있었으니, 그것은 바로 코앞에 닥친 마상시합이었다. 실제로 타호 강 제방에는 이미 번쩍이는 무기들이 여기저기 눈에 띄었고, 그 행사에 참석하기 위해 수행원들을 거느린 기사들이 나팔소리를 울리며 의기양양하게 톨레도로 모여들고 있었다. 공주의 운명 역시 왕자의 운명을 좌지우지했던 똑같은 예언에 따라, 그녀는 열일곱 번째 생일이 될 때까지 세상과 단절되어 사랑의 열정을 느낄 수 없던 것이다. 그러나 이 고립은 오히려 그녀의 명성을 더욱더 자자하게 만들었다. 몇몇 권세 있는 왕자들이 그녀와의 결합을 놓고 경쟁해왔고, 대단히 약삭빠른 그녀의 아버지는 한 쪽 편을 들어 적이 생기지 않도록, 중재안으로 마상시합을 제안한 것이다.

적수가 될 사람들 중에는 그 힘과 위세로 명성을 떨친 자들도 있었다. 무기를 다룰 줄도 모르고 기사도의 기술도 갖추지 못한 불운한 아흐메드에게 이 얼마나 큰 곤경인가! "철학자의 감시의 눈길 아래 고립되어 있던 나는 참으로 운도 없구나. 사랑에서 대수와 철학이 다 무슨 소용인가? 아, 이븐 보나벤! 왜 그대는 나에게 무기 다루는 법을 가르치지 않았는가?" 이 말에 독실한 무슬림인 올빼미가 그간의 침묵을 깨고 경건한 탄식으로 장광설의 서두를 꺼냈다.

"신이여, 위대하시도다! 그분의 손 안에 모든 비밀스러운 것이 들어 있나니. 그분만이 왕자들의 운명을 관장하시도다! 오, 왕자님. 이 땅은 신비로 가득 차 있습니다. 그것은 모두에게 감춰져 있으나 오직 저와 같은 존재들만이 어둠 속을 더듬어 알아낼 수 있지요. 이 근처의 산속에 동굴이 하나 있는데, 그 안에는 무쇠로 된 탁자가 있고 그 위에는 마법의 갑옷이 놓여 있으며, 그 탁자 옆에는 마법에 걸린 준마가 몇 세대 동안이나 서 있답니다."

왕자는 놀라서 빤히 바라보고 있었고, 올빼미는 그 커다랗고 둥근 눈알을 깜빡이며 부리를 높이 쳐들고 말을 이었다.

"여러 해 전 제가 아버지와 함께 이 부근에 있는 아버지의 소유지를 둘러보러 온 적이 있었답니다. 그때 그 동굴에서 머물던 저는 그 신비로운 사실을 알게 되었지요.

그것은 우리 집안에 전해 내려오는 이야기로, 제가 아주 어린 새끼 올빼미였을 때 할아버지께 들은 것이랍니다. 그 갑옷은 기독교인들이 톨레도를 점령했을 때 그 동굴에 은신해 있던 한 무어인 마법사의 것이었습니다. 그는 거기서 죽었지만 그의 말과 무기는 여전히 마법의 주문에 묶인 채 남아 있지요. 그것은 무슬림만이 사용할 수 있고, 그것도 해가 뜬 후부터 정오까지만 효력을 발휘한다는 것입니다. 그동안 그것을 사용하는 사람은 어떤 적이라도 모두 무찌를 수 있답니다."

"됐다! 어서 그 동굴을 찾아가자!" 아흐메드가 소리쳤다.

왕자는 그 경이로운 조언자의 안내를 받아 톨레도 주변에 솟아 있는 바위절벽들 중에서 가장 험하고 후미진 곳에 자리한 그 동굴을 찾아냈다. 빈틈없이 주위를 눈으로 훑고 다니는 올빼미 골동품수집가를 제외하고는 아무도 그 입구를 찾아낼 수 없었을 것이다. 영원히 닳지 않는 기름으로 밝힌 음침한 등잔불이 동굴 안에 장엄한 빛을 발하고 있었다. 동굴 한가운데 무쇠 탁자에 마법의 갑옷이 놓여 있었고, 창은 탁자에 기대 세워져 있었다. 그 옆에는 화려한 성장을 갖추고 당장이라도 전쟁터에 나갈 준비가 되어 있는 아라비아의 군마가 동상처럼 꼼짝도 않고 서 있었다. 놀랍게도 갑옷은 전혀 더러워지지 않고 빛나던 그 옛날과 다름없이 환한 빛을 발했고, 말은 방금 초원에서 풀을 뜯고 온 듯 건강해 보였으며 아흐메드가 그 목에 손을 얹자 말은 발을 굴리며 동굴 벽이 울리도록 기쁜 울음소리를 내뱉었다. 그리하여 '탈 말과 입을 갑옷'을 충분히 갖춘 왕자는 다가오는 마상시합에 도전하기로 결심했다.

운명의 아침이 다가왔다. 톨레도의 절벽으로 이루어진 성벽 아래에는 시합에 참가할 사람의 명단을 작성하고 있었고, 경기장과 구경꾼들을 위한 갤러리는 화려한 태피스트리와 비단으로 만든 차양을 덮어 햇빛을 가려두었다. 나라 안의 모든 미녀들이 모인 갤러리 아래에서는 깃털로 장식한 기사들이 시동과 시종들을 거느리고 의기양양하게 거닐고 있었는데, 그 중에서 시합에 참가할 왕자들의 모습이 돋보였다. 그러나 알데곤다 공주가 왕족을 위한 관람대에 나타나 처음으로 세상 사람들의 찬탄 어린 시선을 받은 순간, 나라 안의 모든 미녀들의 미모는 순식간에 그늘 속에 묻혔다. 그녀의 출중한 매력에 대한 감탄의 웅성거림이 군중 사이에 퍼져나갔고, 그때까지 그녀의 아름다움에 대한 소문만 믿고 그녀를 신부로 얻으려고 시합에 나선 왕자들은 승부욕이 열 배는 더 커지는 듯했다.

그러나 공주의 표정에는 근심이 가득했다. 뺨에는 핏기가 몰려왔다 사라지기를 반복했고, 초조하고 불만스러운 눈빛으로 깃털 단 기사들의 무리 사이를 두리번거렸다. 교전의 시작을 알리는 나팔을 막 불려고 할 때, 한 전령이 낯선 기사의 도착을 알렸고, 말을 탄 아흐메드가 경기장에 들어섰다. 그는 터번 위에 보석들이 박힌 강철 투구를 쓰고 있었고, 황금으로 돋을새김한 흉갑에, 페스*의 장인들이 만든 그의 언월도와 단도는 불꽃처럼 빛을 발하고 있었다. 그의 어깨에는 둥근 방패가 걸려 있었고, 그의 손에는 마법의 힘을 지닌 창이 들려 있었다. 화려하게 수놓은 성장을 갖춘 그의 아라비아 군마는 경기장을 순식간에 압도했고, 늘어선 무기들을 다시 보게 된 기쁨에 군마는 쿵쿵거리며 즐거운 코울음 소리를 냈다. 왕자의 당당하고 우아한 거동이 모든 이의 시선을 사로잡았고, '사랑의 순례자'라는 그의 별명이 호명되자 갤러리에 있던 모든 아름다운 여인들 사이에 동요와 흥분이 퍼져나갔다.

그러나 아흐메드가 참가자 명단에 이름을 올리려고 했을 때 그는 거절당하고 말았다. 그 경기에는 왕자들만이 참석할 수 있다는 것이었다. 그가 이름과 지위를 밝혔다. "그렇다면 더

✤ 모로코의 옛 도시.

안 될 말이다!" 그는 무슬림이니 기독교인 공주가 상으로 걸려 있는 이 시합에 참가할 수 없다는 것이었다.

경쟁자들이 오만하고 위협적인 표정으로 그를 에워쌌다. 그중 체구가 헤라클레스만 하고 무례하기 짝이 없는 한 왕자가 그의 왜소하고 미숙한 체구를 비웃으며 사랑 운운하는 별명을 조롱했다. 왕자의 분노에 불이 붙었다. 그리하여 그는 그 적수에게 대적을 요구했다. 그들은 거리를 벌리더니 방향을 돌려 돌진했고, 왕자가 단 한 번 마법의 창으로 건드리자 왕자를 비웃던 녀석이 안장에서 나가떨어지고 말았다. 왕자는 여기서 멈췄어야 했다. 그러나 불행히도 그는 마법에 걸린 그 말과 갑옷을 상대해야 했던 것이다. 일단 싸움이 시작되자 아무도 그것들을 진정시킬 수 없었다. 아라비아의 군마는 사람들이 가장 많이 몰려 있는 곳으로 돌진했다. 창은 부딪히는 모든 것을 넘어뜨렸고, 온화한 왕자는 자신의 의지와는 달리 경기장을 샅샅이 누비고 다니며 상하귀천을 막론하고 일대 소동을 일으켰다. 왕은 자신의 신하와 귀빈들에게 부리는 난폭함에 노도처럼 화를 냈다. 왕은 모든 경비병들에게 출전 명령을 내렸지만, 그들은 달려가는 족족 말에서 떨어졌다. 그러자 왕은 예복 망토를 벗어던지고 방패와 창을 쥐더니, 몸소 그 이방인에게 겁을 주려고 달려들었다. 아아! 하지만 폐하께서도 평민들보다 나을 게 없었다. 말과 창은 사람들을 존중할 줄 몰랐다. 아흐메드는 안타깝게도 전력으로 왕을 공격하고 말았고, 순식간에 왕의 발꿈치는 하늘을 향하고 왕관은 흙먼지 속에서 뒹굴었다.

그 순간 태양이 자오선에 당도했다. 태양이 마법의 힘을 거두어간 것이다. 아라비아의 군마는 순식간에 평원을 갈로질러 방책을 뛰어넘고 타호 강에 뛰어들어 그 거센 물살을 가르며 헤엄쳐, 숨이 턱에 닿고 어안이 벙벙해진 왕자를 동굴로 다시 데려다놓고는 무쇠 탁자 옆 제자리에 다시 동상처럼 섰다. 왕자는 다행스러운 마음으로 말에서 내려, 다음번 운명의 부름을 기다리도록 갑옷을 제 자리에 벗어놓았다. 그러고는 동굴 안에 주저앉아서 그 마법에 걸린 말과 갑옷이 자신에게 던져놓은 절망적인 상황에 대해 곰곰이 생각했다. 톨레도의 기사들에게 그런 치욕을 주고 그 왕에게 그토록 무례한 짓을 했으니 앞으로는 결코 톨레도에 얼굴을 내밀 수 없을 것이다. 또한 공주는 그의 무모하고 거친 행동을 보고 무슨 생각을 했겠는가? 왕자는 근심에 가득 차 소식을 알아오도록 날개 달린 사자들을 내보냈다. 앵무새는 모든 공공장소와 사람들이 붐

비는 장소들을 찾아갔다가 곧 소문을 한 아름 갖고 돌아왔다. 톨레도 전체가 충격에 휩싸여 있었다. 공주는 의식을 잃고 궁전으로 실려 갔고 마상시합은 혼란 속에 중단되었다. 모든 사람이 무슬림 기사의 갑작스러운 출현과 놀라운 묘기, 기이한 출몰에 대해 이야기하고 있었다. 어떤 사람들은 그가 무어인 마법사라고 단언했고, 또 어떤 사람들은 그가 인간의 형상을 취한 마귀라고 생각하는 한편 또 다른 이들은 산속 동굴에 숨겨진 마법에 걸린 전사들의 전설을 이야기하면서 그가 갑작스럽게 뛰쳐나온 그 전사들 중 하나일지도 모른다고 말했다. 어쨌든 모든 이들이 보통 사람이라면 그렇게 뛰어나고 건장한 기독교인 전사들을 쉽게 말에서 떨어뜨리는 신통력을 발휘할 수 없으리라는 점에는 생각을 같이 했다.

올빼미는 밤에 나가서 어둠침침한 도시를 날아다니며 지붕과 굴뚝에 앉아 동정을 살폈다. 그런 다음 톨레도의 바위산 꼭대기에 자리 잡고 있는 왕궁으로 날아가 그 테라스와 흙벽들을 배회하며 틈새마다 소리를 엿듣고, 불이 켜진 모든 창마다 그 커다랗고 둥근 눈을 부릅뜨고 들여다보다가 점잖은 아가씨 두엇을 기겁하게 만들었다. 올빼미는 새벽이 회색빛으로 희미하게 밝아오기 시작한 후에야 정찰에서 돌아와 제가 본 광경을 왕자에게 이야기해주었다.

"그 궁전의 가장 높은 탑 중 한 군데를 염탐하고 있을 때, 창문 너머에 아름다운 공주님이 보이더군요. 의사들과 시중드는 사람들에게 둘러싸여 긴 의자에 누워 있었지만, 그들 중 누구에게서도 치료를 받으려 하지 않으셨습니다. 그들이 모두 물러가고 나자, 공주님은 가슴에서 편지 한 장을 꺼내 읽고 그 편지에 입을 맞추고는 큰소리로 한탄을 하기 시작했지요. 그 모습에 철학자인 저조차 엄청난 감명을 받지 않을 수 없었답니다."

이 소식을 듣고 아흐메드의 여린 가슴은 비탄에 빠졌다. "오, 현명한 이븐 보나벤, 당신의 말은 너무나도 지당한 말이었군요. 근심과 슬픔과 잠 못 드는 밤은 정말로 연인들의 운명이로군요. 알라께서 사람의 피를 말리는 이 사랑이라는 것에서 공주를 보호해주시기를!"

톨레도에서 온 그밖의 소식들도 올빼미의 이야기를 뒷받침해주었다. 그 도시는 불안과 경악에 빠져 있었다. 공주는 궁전의 가장 높은 탑으로 옮겨졌고, 모든 골목마다 경비가 삼엄해졌다. 한편 지독한 우울증이 공주를 덮쳤는데 아무도 그 원인을 알아내지 못한다고 했다. 공주는 음식도 마다하고 귀를 막고는 누구의 위로도 듣지 않았다. 가장 뛰어난 의사들이 이런 저런 치료를 해보았지만 아무 소용이 없었다. 사람들은 공주가 어떤 마법의 주문에 걸렸다고 생각했고, 왕은 누구든 공주를 치료하는 사람에게는 왕실의 보물 중 가장 고귀한 보물을 주겠다는 성명을 발표했다

구석에서 졸고 있던 올빼미가 이 성명 이야기를 듣더니 그 큰 눈을 굴리며 그 어느 때보다 더 수수께끼 같은 표정을 지었다.

"알라 악바르! 그 치료를 행할 수 있는 사람은 참으로 행복하겠으나, 왕실의 보물 중에서 무엇을 고를지 반드시 알고 있어야 할 것입니다."

"무슨 말이냐, 가장 존경스러운 올빼미야?" 아흐메드가 물었다.

"왕자님, 제가 하는 말을 잘 들어보세요. 왕자님도 분명히 아시겠지만 우리 올빼미들은 학식이 깊고, 어둡고 모호한 주제에 대해 연구하고 있습니다. 지난밤 제가 톨레도의 돔들과 작은 탑들 주위를 배회하고 있을 때, 한 무리의 골동품 애호가 올빼미들이 모임을 열고 있는 것을 발견했답니다. 그 모임은 거대한 둥근 천장이 달린 탑에서 열렸는데 바로 그 탑이 왕실

의 보물을 보관하고 있는 곳이었지요. 거기서 그들은 보물 보관실에 쌓여 있는 오래된 보옥과 보석들, 황금과 은으로 된 용기들의 형태와 새겨진 문장들과 모양새에 관해서, 또 각 나라와 시대 별 유행에 대해서 토론하고 있었는데, 그들이 가장 큰 관심을 갖고 있는 것은 고트 왕국의 로데릭 왕조 때부터 남아 있었던 어떤 유물들과 유적들이었어요. 그중에는 백단향나무로 만든 상자가 있는데, 그것은 동방의 세공품인 쇠로 된 띠로 걸쇠가 걸려 있고 몇몇 학식 깊은 이들만이 알아볼 수 있는 신비로운 문자가 새겨져 있답니다. 그 모임은 여러 차례 이 상자와 그 새겨진 문자들에 대해 논의해왔고 길고도 진지한 논쟁을 벌였었답니다. 제가 방문했을 때는 얼마 전 이집트에서 도착한 아주 늙은 올빼미가 그 상자의 뚜껑에 앉아 그 문자들에 관해 강의하고 있었고, 그것을 통해 그는 그 상자 안에 현자 솔로몬의 왕좌에 깔았던 비단 양탄자가 들어 있음을 밝혀냈지요. 이는 의심할 여지없이 예루살렘이 몰락한 뒤 톨레도로 피난을 온 유대인들이 가져온 것이랍니다."

올빼미가 이 골동품 애호가다운 장광설을 마쳤을 때도 왕자는 잠시 생각에서 헤어나지 못했다.

"나도 현명한 이븐 보나벤에게 예루살렘이 무너졌을 때 사라졌고 그 후 인류가 다시는 찾을 수 없다고 여겨지던 그 신물의 놀라운 힘에 관해 들은 적이 있어. 그건 톨레도의 기독교인들에게는 풀 수 없는 수수께끼로 남아 있겠지. 아, 만약 내가 그 양탄자를 가질 수 있다면 나의 운명은 안전해질 텐데."

다음날 왕자는 그의 귀한 옷을 벗어두고 사막의 아랍인들이 입는 수수한 옷으로 갈아입었다. 살갗까지 황갈색으로 칠하고 나니 아무도 그를 그 마상시합장에서 찬탄과 두려움을 동시에 불러일으키던 탁월한 전사로 알아볼 수 없었다. 손에는 지팡이를 들고 옆구리에는 짐보따리를 끼고 작은 목동의 피리를 들고 톨레도로 가서, 성문 앞에서 공주를 치료하고자 찾아온 사람이라고 자신을 소개했다. 경비병들은 주먹질로 그를 쫓아내려고 했다. "너 같은 떠돌이 아랍인이 무엇을 할 수 있다는 게냐? 온 나라에서 가장 학식 높은 분들도 하지 못하신 일을." 그러나 마침 왕이 소동을 듣고 그 아랍인을 자기 앞으로 데려오라고 명령했다.

"가장 막강한 왕이시여," 하고 아흐메드가 말했다. "지금 폐하 앞에 있는 저로 말씀드리자면 아랍의 베두인족으로 인생의 대부분을 사막의 쓸쓸한 황야에서 보낸 사람입니다. 그 쓸쓸한 황야는 마귀들과 악령들이 출몰하기로 유명한데, 그것들은 외롭게 가축을 지키는 우리 불쌍한 양치기들을 따라다니며 괴롭히고, 가축들의 몸속으로 들어가고 때로는 인내심 많은 낙타들까지 화나게 만든답니다. 이런 것을 막기 위해 양치기들은 바로 음악으로 주술을 겁니다. 대대로 전해 내려오는 전설적인 음악을 피리로 불어서 그 사악한 영혼들을 쫓아 버리지요. 저는 특히 재능 있는 집안의 후손으로서 그 기술을 완벽히 알고 있습니다. 만약 그런 종류의 사악한 힘이 폐하의 따님을 사로잡고 있다면, 맹세컨대 제 목을 걸고 따님을 그 힘에서 풀어드리겠습니다."

식견이 높은데다, 아랍인들이 놀라운 비밀을 간직하고 있다는 것을 알고 있던 왕은 왕자의 자신만만한 이야기에 희망이 솟았다. 그는 즉시 왕자를 여러 개의 문으로 안전을 유지한 공주의 방이 있는 높은 탑 꼭대기로 데리고 갔다. 난간이 있는 테라스 쪽으로 난 창문이 열려 있었고 거기서는 톨레도와 그 주변 고장들이 한눈에 내려다보였다. 무엇으로도 달랠 수 없는 비탄에 빠진 불쌍한 공주가 그 안에 누워 있었으므로 다른 창문들은 어둡게 가려져 있었다.

왕자는 테라스에 앉아서, 그라나다의 헤네랄리페에 있을 때 신하들에게서 배운 아랍의 노래들을 목동의 피리로 연주했다. 공주는 여전히 의식이 돌아오지 않았고, 곁에 있던 의사들은 고개를 저으며 불신과 경멸의 웃음을 지었다. 마침내 왕자는 피리를 내려놓고, 자신의 열정을 고백한 편지에 썼던 그 사랑의 시구들을 단순한 곡조에 맞춰 읊었다.

공주는 그 시를 알아차렸다. 두근거리는 기쁨이 심장에 스며들어 그녀는 고개를 들고 귀를 기울였고, 눈물이 솟아올라 뺨을 타고 흘러내렸으며, 그녀의 가슴은 격한 감정들로 부풀어 올랐다가 가라 앉기를 반복했다. 공주는 그 음유시인을 자기에게 데려오라고 청하고 싶었지만 어린 처녀의 수줍음 때문에 침묵을 지킬 수밖에 없었다. 딸의 바람을 알아차린 왕의 명령에 아흐메드가 방안으로 불려왔다. 연인들은 조심스러웠다. 그들은 그저 시선만 주고받았을 뿐이지만 그 사이 그들은 엄청나게 많은 이야기를 나누었다. 음악의 승리가 이처럼 완벽했던 적은 한 번도 없었다. 공주의 부드러운 볼에는 장밋빛 홍조가, 입술에는 핏기가, 힘없던 눈에는 이슬을 머금은 듯한 생기가 돌아왔다.

그 자리에 있던 의사들은 놀란 얼굴로 서로를 쳐다보았다. 왕은 아랍인 음유시인을 존경과 경외감이 섞인 눈으로 바라보았다. "놀라운 젊은이로군!" 왕이 소리쳤다. "지금부터 자네는 나의 궁정에서 주치의가 되어주게. 이제 나는 자네의 선율 외에는 아무런 처방도 받지 않겠네. 일단 지금은 나의 보물 중에서 가장 소중한 보석을 보상으로 받게나."

"폐하." 아흐메드가 대답했다. "저는 은이나 금이나 보석에는 관심이 없습니다. 폐하의 보물 중에 옛날에 톨레도를 지배했던 무슬림들에게서 전해온 유물이 하나 있답니다. 비단 양탄자가 들어 있는 백단향나무 상자지요. 저에게 그 상자만 주시면 만족하겠나이다."

거기 있는 모든 사람은 아랍인의 소박함에 놀랐고, 그 백단향나무 상자를 가져와 양탄자를 펼쳤을 때는 더욱 놀랐다. 고운 초록색 비단으로 만든 양탄자에는 히브리어와 칼데아어 문자들이 잔뜩 수놓여 있었다. 궁정의 의사들은 서로 바라보며 어깨를 으쓱하면서, 그렇게 하찮은 것을 치료비로 받고 만족하는 신참 의사의 우직함에 미소를 지었다.

"이 양탄자는," 하고 왕자가 말했다. "한때 현자 솔로몬 왕의 왕좌를 덮고 있던 것입니다. 그러니 아름다운 여인의 발밑에 깔아둘 가치가 있지요."

그렇게 말하고 그는 공주를 위해 테라스에 내다놓은 긴 의자 아래에 양탄자를 펼치고 그녀의 발치에 앉았다.

"운명의 책에 적힌 것을 누가 거스를 수 있겠습니까? 점성술사들의 예언이 이루어지는 것을 보십시오. 폐하. 폐하의 따님과 저는 오랫동안 서로 몰래 사랑해왔습니다. 보십시오. 제가 그 사랑의 순례자입니다!"

이 말이 그의 입술에서 떨어지기 무섭게 양탄자는 공중으로 떠올라 왕자와 공주를 싣고 가버렸다. 왕과 의사들은 입을 쩍 벌리고 눈을 둥그렇게 뜨고는 그들이 하얀 구름에 난 작은 얼룩처럼 보이다가 마침내 파란 하늘의 궁륭 속으로 사라질 때까지 빤히 바라보고 있었다.

왕은 분노에 사로잡혀 보물을 지키는 사람을 대령시켰다. "어떻게 너는 그런 신묘한 물건을 이교도가 가져가는 걸 보고만 있었단 말이냐?"

"아아, 폐하. 우리는 그것이 무엇인지도 몰랐고 그 상자에 새겨진 글이 무슨 뜻인지조차 몰랐습니다. 그것이 정말로 지혜의 왕 솔로몬의 왕좌에 깔았던 양탄자라면 그것은 마법의 힘을 갖고 있고 그 주인을 태우고 하늘을 날아다닐 수 있습니다."

왕은 막강한 군대를 소집하여 그 도망자들을 찾아 그라나다로 출발했다. 왕의 행진은 길고도 고됐다. 그는 평원에서 야영을 하면서 딸의 귀환을 요구하는 전령을 보냈다. 그라나다의 왕이 몸소 신하들을 대동하고 그를 맞이하러 왔다. 그는 그 왕에게서 음유시인의 모습을 알아보았는데, 아흐메드는 아버지가 승하하자 왕위를 계승했고 아름다운 알데곤다는 왕비가 되어 있었던 것이다.

그 기독교인 왕은 자기 딸이 신앙을 그대로 지키고 있다는 사실에 쉽게 마음이 풀렸다. 그가 특별히 경건한 사람이어서가 아니라, 군주들에게 종교는 언제나 자존심과 예절의 문제였기 때문이었다. 피비린내 나는 전쟁 대신 축제와 연회가 연달아 열렸고, 그뒤 왕은 흡족한 마음으로 톨레도로 돌아갔으며, 젊은 부부는 알함브라에서 언제까지나 행복하고 현명하게 나라를 다스렸다.

올빼미와 앵무새가 각자가 원하는 방식으로 왕자를 찾아 그라나다로 갔다는 이야기도 덧붙여야겠다. 올빼미는 밤에만 길을 가면서 자기 가문의 소유지마다 다 들렀고, 앵무새는 찾아가는 길에 모든 마을과 도시에서 즐거운 사람들이 모인 곳마다 끼어들었다.

아흐메드는 자신의 순례에서 그 새들이 준 도움에 감사하며 보답을 했다. 그는 올빼미는 총리로, 앵무새는 의례의 집전자로 임명했다. 말할 필요도 없이 한 왕국을 이보다 더 슬기롭게 다스리고 궁중의 예법을 이보다 더 정확하고 꼼꼼하게 지킨 적은 없었다.

무어인의 유산에 관한 전설

알함브라의 성채 바로 안 왕궁 앞에는 저수지 광장이라 불리는 넓게 트인 산책로가 있다. 그렇게 불리는 것은 비록 지금은 보이지 않지만 광장 아래 무어인들의 시대부터 저수지들을 만들었기 때문이다. 이 산책로의 한 귀퉁이에는 바위를 깊이 파서 만든 무어인들의 우물이 있는데, 거기서 나온 물은 얼음처럼 차갑고 수정처럼 맑다. 가장 깨끗하고 단 물이 나오는 샘과 수원까지 파들어 가는 데 큰 노고를 기울이는 무어인들의 우물은 언제나 유명하다. 지금 우리가 이야기하려고 하는 그 저수지는 알함브라의 가파른 숲길로 커다란 물독을 어깨에 지거나, 오지용기들을 실은 나귀를 몰고 가는 물지게꾼의 행렬이 이른 새벽부터 늦은 밤까지 끊이지 않을 정도로 그라나다 전역에서 유명했다.

성서시대부터 샘과 우물은 더운 기후의 지역에서 사람들이 모여 앉아 입방아를 찧는 곳으로 유명하다. 문제의 그 우물에서는 하루 온종일 퇴역군인들과 늙은 여인들, 또 성채에서 아무것도 안하고 빈둥거리는 신기한 인간들이 모여 일종의 상설모임을 여는데, 그들은 사용료 징수원이 햇볕을 피하도록 우물 위에 쳐놓은 차양 아래 돌 의자에 앉아 성채에서 벌어진 사건에 대해 입방아를 찧거나, 거기 오는 모든 물지게꾼에게 도시의 소식을 묻고, 듣거나 본 모든 것에 장황한 평을 늘어놓으며 시간을 보낸다. 우물가에는 하루 중 한 시간도 어슬렁거리는 주부나 게으른 하녀가 보이지 않는 때가 없는데, 그들은 이 인사들이 늘어놓는 끝없는 수다를 다 듣고 가려고 물병을 머리에 이거나 손에 든 채 계속 거기 남아 있는 것이다.

옛날에 이 우물에 자주 다녔던 물지게꾼들 중에 맷집 좋고 등골이 튼튼하며 다리가 둥글게 굽은 페드로 힐이라는 사내가 있었는데 다들 줄여서 페레힐이라고 불렀다. 물지게꾼인 그는 당연히 가예고(갈리시아 사람)였다. 하늘은 짐승들에게 그런 것처럼 사람들도 그 무리에 따라 각자 다른 종류의 노역을 정해준 것 같다. 프랑스에서는 구두닦이는 모두 사부아 사람들이고, 호텔의 짐꾼들은 모두 스위스인이며, 잉글랜드에서 속에 버팀테를 받쳐 입은 드레스와 머리 분이 유행하던 시절 아무렇지 않게 늪지를 건너다니는 가마꾼은 죄다 아일랜드인 이었다. 그처럼 스페인에서는 물지게꾼과 짐꾼들은 모두 맷집 좋고 키 작은 갈리시아 사람들이었다. 모두 다 '짐꾼을 불러라' 대신 '가예고를 불러라' 하고 말했던 것이다.

여담에서 다시 본론으로 돌아가서 이 페레힐이라는 가예고 는 어깨에 메는 커다란 오지 물독 하나만 가지고 사업을 시작 했다. 점차 사정이 좋아져 그는 그 일에 적합한 동물 조수, 그 러니까 털이 덥수룩하고 튼튼한 당나귀 한 마리를 장만할 수 있었다. 이 귀가 긴 보좌관의 양쪽 옆구리에는 물독들을 넣는 짐바구니가 걸쳐져 있었고, 그 위에는 햇빛을 가리기 위해 무 화과나뭇잎으로 덮어두었다. 그라나다 전역을 통틀어 그보다 더 부지런한 물지게꾼이 없었고, 또 그보다 더 명랑한 물지게 꾼도 없었다. 그가 당나귀를 앞세우고 터벅터벅 걸어갈 때면 흔한 여름 노래 곡조에 맞춰 소리치는 그의 목소리가 마을 골 목골목에 퍼져나갔다. "키엔 키에레 아구아, 아구아 마스 프 리아 케 라 니에베?(눈보다 더 차가운 물 마시고 싶으신 분?) 알함브 라의 우물에서 길어온 물 마시고 싶으신 분? 얼음처럼 차갑고 수정처럼 맑은 물이요." 그는 유리잔에 기포가 이는 물을 담아 손님에게 건넬 때면 항상 미소 짓게 하는 유쾌한 말 한마디를 곁들였고, 만약 손님이 예쁜 아가씨나 보조개가 들어가는 소녀라면 은근슬쩍 추파를 던지며 그녀의 미모에 대한 찬사를 덧붙였다. 그리하여 이 가예고 페레힐은 그라나다 전체에서 가장 친절하고 유쾌하고 행복한 사람 중 하나로 널리 알려졌다.

그러나 가장 큰소리로 노래하고 농담한다고 해서 마음도 가벼운 것은 아니다. 성실한 페레힐에게도 그 모든 명랑한 겉모습 아래 근심과 고민이 감춰져 있었다. 그는 먹여 살려야할 자식들이 있는 대가족의 가장이었고, 그 아이들은 둥지 속의 제비새끼들처럼 늘 배가 고프고 필요한 게 많았으며 저녁에 그가 집에 돌아가면 그를 에워싸고 먹을 것을 달라고 칭얼댔다. 게다가 그의 아내는 전혀 도움이 안 됐다. 결혼하기 전에 그녀는 볼레로를 추고 캐스터네츠를 치는 재주가 뛰어났던 마을의 유명한 미녀였는데, 아직도 예전의 습성을 버리지 못하고 성실한 페레힐이 고생해 번 돈을 치장하는 데 낭비해버리고, 일요일과 성인축일, 그리고 평일보다 더 많은 에스파냐의 각종 축제일마다 시골에서 열리는 파티에 바로 그 당나귀를 타고 갔다. 그것도 모자라 그녀는 다소 단정치 못한 여자인데다가 심한 잠꾸러기였고, 무엇보다 남의 말을 하기 좋아하는 수다쟁이로 둘째가라면 서러운 인물이었으니, 집과 살림은 다 제쳐두고 수다스러운 이웃의 집들을 쫓아다니며 빈둥거리기만 했다.

그러나 약한 자에게 매몰차지 못한 페레힐은 제 어깨에 놓인 결혼의 멍에를 순순히 받아들였다. 그는 아내와 자식들의 무거운 요구를 그의 당나귀가 물독들을 견디는 것처럼 순순히 받아들였는데, 비록 속으로 미심쩍어한 적은 있지만 단정치 못한 아내의 주부로서의 미덕은 감히 한 번도 의심한 적이 없었다.

그는 올빼미가 새끼 올빼미를 사랑하듯이 자식들을 사랑했고, 억세고 등이 길고 다리가 둥글게 굽은 작은 그 아이들의 모습에서 제가 물려준 모습을 보았다. 성실한 페레힐의 가장 큰 기쁨은 어쩌다 한 번 축제날 쉴 형편이 되어 돈을 한 움큼 쥐고 자식들을 모두 대동하여—몇몇은 팔에 안고 몇몇은 그의 옷자락에 매달고 몇몇은 그의 뒤를 터벅거리며 걷게 하여—평원의 과수원에 데려가 신나게 놀아주고 아내는 다로강 협곡에서 축제에 놀러온 친구들과 춤을 추게 해주는 일이었다.

　어느 여름 늦은 밤 물지게꾼들도 대부분 일을 마쳤을 때였다. 그날은 평소보다 유난히 후텁지근했고, 그 밤의 매력적인 달빛은 낮의 더위와 무기력함을 거두어 갔으면 하는 남쪽 지방 주민들의 바람을 자극했는지, 사람들은 자정이 지나도록 야외에 나와 더위가 누그러든 감미로운 시간을 즐기고 있었다. 그날은 물을 찾는 손님들도 많았다. 사려 깊고 노고를 아끼지 않는 아버지 페레힐은 배곯는 자식들을 생각했다. "우물에 한 번 더 다녀오면 일요일에 아이들을 배불리 먹일 수 있을 만큼 돈을 벌 수 있어" 하고 그는 혼잣말을 했다. 그러고는 알함브라의 가파른 골목을 노래를 부르며 씩씩하게 걸어가면서 이따금 곤장으로 당나귀의 옆구리를 찰싹찰싹 때렸다. 그것은 노래의 장단을 맞추려는 것이기도 하고, 먹이를 주는 대신 공연한 매질로 당나귀에게 정신이 번쩍 들게 하려는 것이기도 했다.

　그가 도착했을 때 우물가에는 무어 식 옷을 입고 달빛 아래 돌 의자에 앉아 있는 어느 낯선 사람밖에 없었다. 페레힐은 처음에 걸음을 멈추고 놀라움과 두려움이 섞인 마음으로 그를 바라보았는데, 그 무어인은 그에게 다가오라는 듯 힘없이 손짓을 했다. "나는 기운이 없고 몸이 아프답니다." 그 무어인이 말했다. "내가 도시로 돌아가도록 도와주면 그 물독들을 가지고 당신이 벌 돈의 두 배를 주겠소."

낯선 사람의 호소에 키 작은 물지게꾼의 우직한 마음이 움직였다. "사람으로서 당연히 할 일을 가지고 보수나 대가를 요구하는 것은 안 될 말이지요." 그리하여 그는 무어인이 당나귀에 올라타도록 도와준 뒤 그라나다로 천천히 출발했는데, 그 불쌍한 무슬림은 너무 기운이 없어서 바닥에 떨어지지 않도록 페레힐이 계속 붙잡아줘야만 했다.

그들이 성문을 들어섰을 때 물지게꾼은 어디로 그를 데려다줘야 하는지 물었다. "오, 서글프도다!" 무어인이 희미한 소리로 말했다. "나에게는 집도 거처도 없소. 나는 이 나라에는 처음이오. 오늘밤 당신의 지붕 아래서 이 한몸 누일 수 있게 해주신다면 충분히 답례를 하겠습니다."

그리하여 성실한 페레힐은 예기치 않게 이교도를 맞이해야 할 부담을 떠안게 되었는데, 그렇다고 해도 그는 의지할 데 없이 곤경에 빠진 사람에게 하룻밤 재워달라는 청을 마다하기에는 너무나 따뜻한 마음씨를 지녔기에, 그 무어인을 자기 집으로 데리고 갔다. 아이들은 당나귀의 발소리를 듣고 평소대로 재잘대며 뛰어나왔다가, 터번을 쓴 낯선 사람을 보고 겁에 질려 되돌아가서 엄마 뒤에 숨었다. 페레힐의 마누라는 떠돌이 개가 자기 새끼들에게 다가올 때 깃털을 세우고 나서는 암탉처럼 대담하게 앞으로 걸어 나왔다.

"이 늦은 밤에 당신이 그렇게 이교도를 집으로 데리고 오면 종교재판관의 눈이 우리한테 쏠리지 않겠어요?"

"조용히 하시오, 여보." 가예고가 대답했다. "이분은 친구도 집도 없는 불쌍하고 아픈 이방인이오. 그를 길에서 죽게 다시 내보내겠다는 말이오?"

누추한 오두막일지언정 자기 집은 맹렬히 지키려는 그의 아내는 계속 항의했지만, 키 작은 물지게꾼도 이번 한 번만은 제 주장을 굽히지 않고 아내에게 고집을 피웠다. 그는 불쌍한 무슬림이 당나귀에서 내리는 걸 도와주고, 집안에서 가장 시원한 자리의 바닥에 그의 가난한 살림이 제공할 수 있는 유일한 침구인 거적과 양가죽을 깔아주었다.

잠시 후 그 무어인은 격렬한 경련을 일으켰는데, 순박한 물지게꾼이 아는 모든 응급처치에도 소용이 없었다. 가련한 환자는 그의 친절함을 잘 알고 있다고 눈빛으로 말했다. 경련의 사이사이에 무어인은 그를 자기 옆으로 불러 낮은 목소리로 말했다. "내가 두려워하는 나의 종말이 가까이 왔소. 내가 죽으면 당신이 베풀어준 자비에 대한 보답으로 이 상자를 당신에게 물려주겠소." 그렇게 말하고 그는 자신의 망토를 벌리고 자기 몸에 묶어놓은 백단향나무로 만든 작은 상자를 보여주었다. 선량하고도 키 작은 가예고는 이렇게 대답했다. "친구여, 그 보물이 무엇이든 간에, 신께서는 당신이 그것을 마음껏 누리며 오래 살도록 해주실 것입니다." 무어인은 고개를 저었다. 그는 상자에 손을 얹고 뭔가를 더 말하려 했지만 다시 경련을 일으켰고 잠시 후 숨을 거두었다.

물지게꾼의 아내는 미친 사람처럼 떠들어댔다. "이게 다 항상 남의 사정 봐주느라 제 앞가림도 못 하는 당신의 그 바보 같이 착하기만 한 성품 때문이라고요. 우리 집에서 이 사람 시체가 발견되면 우리는 어떻게 되겠어요? 우리는 살인죄를 뒤집어쓰고 감옥에 가게 될 거고, 목숨을 부지한다고 하더라도 공증인들과 경찰관들에게 얼마나 시달리겠냐고요."

똑같은 고민을 하고 있던 불쌍한 페레힐은 자기가 베푼 선행이 거의 후회될 지경이었다. 마침내 한 가지 묘안이 떠올랐다. "아직 날이 밝지 않았으니 이 시체를 도시에 가지고 나가서 헤닐 강가의 모래 속에 묻으면 될 거요. 아무도 무어인이 우리 집에 들어오는 걸 못 보았으니 아무도 그의 죽음에 대해서도 모를 거요."

그러고는 말한 대로 행동에 옮겼다. 아내도 남편을 도왔다. 그들은 불운한 무슬림의 시체를 그가 숨을 거둘 때 깔고 있던 거적에 말아 당나귀에 실었고, 페레힐은 강둑을 향해 길을 떠났다.

운 나쁘게도 그 물지게꾼의 맞은편 집에는 페드리요 페드루고라고 하는 이발사가 살고 있었다. 그는 뒷말하기 좋아하는 사람들 가운데 가장 염탐하기 좋아하고 가장 수다스러우며 가장 말썽을 잘 일으키는 페드루고는, 얼굴은 족제비 같고 다리는 거미 같이 느물느물하고 음흉한 작자였다. 다른 사람들의 신상에 대해 모르는 게 없다는 점에서는 그 유명한 세비야의 이발사도 그를 능가할 수 없었고, 말을 담아두는 일에 있어서는 체도 그보다는 나을 것이다. 사람들은 그가 자는 동안 벌어지는 모든 사건까지 보고 듣기 위해서, 잠을 잘 때도 한 눈은 꼭 뜨고 한 귀는 꼭 열어놓는다고들 말했다. 그러니 그는 그라나다의 참견하기 좋아하는 사람들을 위한 일종의 추문의 연대기 작가이며, 동종업자들 중에서 가장 고객이 많았다.

그날도 이 참견쟁이 이발사는 페레힐이 평소와 다른 시간에
도착하는 소리를 들었고 그의 아내와 아이들이 지르는 소리
도 들었다. 순식간에 그의 머리가 망루 역할을 하는 작은 창문
으로 튀어나왔고, 그는 이웃이 무어 식 옷을 입은 남자를 부축
해서 집안으로 데리고 들어가는 것을 보았다. 그것은 너무도
이상한 사건이어서 페드리요 페드루고는 그날 밤 한숨도 잘
수가 없었다. 그는 오 분마다 구멍으로 내다보면서 이웃집의
문틈으로 새어나오는 불빛을 지켜보았고 날이 밝기 전에 페
레힐이 당나귀에 이상한 짐을 싣고 길을 떠나는 것을 보았다.

캐내기 좋아하는 이발사는 조바심이 났다. 그는 옷을 주워
입고 소리 나지 않게 빠져나가 거리를 두고 물지게꾼을 따라
가던 이발사는, 마침내 그가 헤닐 강의 모랫둑에 구멍을 파고
시체처럼 보이는 무언가를 묻는 것을 보았다.

이발사는 서둘러 집으로 돌아와 안절부절못하며 이발소를
서성이면서 해가 뜰 때까지 모든 것을 다 뒤집어놓았다. 그런
다음 대야를 겨드랑이에 끼고는 그의 단골인 재판관의 집으
로 달려갔다.

재판관은 막 일어난 참이었다. 페드리요 페드루고는 그를
의자에 앉히고 목에 수건을 두른 뒤 뜨거운 물이 담긴 대야를

그의 턱 아래 놓고 손가락으로 재판관의 턱수염을 가지런히 다듬기 시작했다.

"이상한 일도 다 있지요!" 페드루고는 이발사와 고자질쟁이의 역할을 동시에 수행하면서 말했다. "참 희한한 일이에요! 도둑질과 살인과 매장을 하룻밤에 다 해치우다니요!"

"이봐! 자네 그거 무슨 소린가?" 재판관이 소리쳤다.

에스파냐의 이발사들은 붓을 쓰는 것을 경멸하기 때문에 재판관의 코와 입 위에 비누를 손수 문지르면서 페드루고가 대답했다. "제 말씀은, 어젯밤 가예고 페레힐이 한 무어인 무슬림에게서 도둑질을 하고 그를 죽이고 땅에 묻었다 이 말씀이지요. 저주받을 밤이지요!"

"그런데 자네가 그걸 어떻게 알았나?" 재판관이 캐물었다.

"너무 보채지 마세요, 재판관 나리. 다 알려드릴 테니까요." 페드리요가 재판관의 코를 붙잡고 그의 뺨 위에 면도날을 움직이며 말했다. 그런 다음 자기가 본 모든 걸 이야기했다. 재판관의 수염을 깎고 그의 턱을 씻고 더러운 수건으로 닦아내는 동시에 무슬림에게서 도둑질을 하고 그를 죽이고 묻는 이야기를 한 것이다.

그런데 이 재판관은 그라나다를 통틀어 가장 고압적이고 욕심이 많았으며 부패한 작자였다. 그러나 그는 늘 정의를 중요하게 여겼는데 그것은 그가 정의의 무게를 황금으로 달아 팔았기 때문이다. 그는 문제의 사건이 살인과 절도에 해당한다고 생각했다. 또한 분명히 거기에는 풍부한 노획물도 있을 것이다. 어떻게 하면 그것을 합법적으로 확보한다? 단순히 범인을 체포하기만 해서는 교수대에게만 먹이를 주게 되지만, 그 전리품을 손에 넣는 것이야말로 재판관을 풍성하게 해주는 일이며, 그의 신념에 따르면 그것이야말로 정의의 가장 위대한 목표였던 것이다. 재판관은 그런 생각을 하며 자기가 가장 신뢰하는 형리를 불렀는데, 그는 여위고 굶주려 보이는 시종으로 지위에 따라 옛 에스파냐 의상을 입고 있었다. 옆 챙을 위로 접어 올린 넓은 검은색 모자를 쓰고, 별스럽게 생긴 주름깃을 달고, 작고 검은 망토를 어깨에 걸치고, 홀쭉하고 뻣뻣한 몸매를 도드라지게 하는 색 바랜 검은 속옷을 입었으며, 손에는 가늘고 하얀 막대기를 들고 있었는데 그것이 바로 사람들이 두려워하는 그의 직책의 표지였다. 그 옛날 에스파냐의 법의 사냥개는 바로 그런 모습으로 운 나쁜 물지게꾼의 뒤를 쫓았다. 또한 그 확신이 얼마나 대단했던지 그는 불쌍한 페레힐이 미처 집에 도착하기도 전에 그를 붙잡아 그와 그의 당나귀를 법의 집행자 앞에 데려갔다.

재판관은 가장 무시무시하게 찡그린 표정으로 그를 내려다보았다. "들어라, 죄인아!" 키 작은 가예고의 무릎이 덜덜 떨릴 정도로 그가 고함을 쳤다. "내가 너의 죄를 다 알고 있으니 발뺌해봐야 소용없다. 네가 저지른 범죄에 대해서는 교수대가 가장 합당한 벌이겠으나, 나는 자비로운 사람이니 해명을 들어줄 준비가 되어 있다. 네가 너의 집에서 죽인 자는 무어인이며 우리 신앙의 적인 이교도다. 네가 그를 살해한 것은 분명 순간적으로 종교적 열정에 사로잡혔기 때문일 것이다. 그러니 내가 너에게 관용을 베풀겠노라. 네가 그에게 훔친 물건을 우리에게 내놓으면 그 문제를 조용히 덮어주겠다."

불쌍한 물지게꾼은 자신의 결백을 증언해달라고 모든 성인을 불러내보았다. 아, 이럴 수가! 그중 아무도 나타나지 않았고, 만약 나타났다고 하더라도 재판관은 그 말을 하나도 믿지 않았을 것이다. 물지게꾼은 죽은 무어인의 이야기를 사실 그대로 솔직하게 말했지만 아무 소용이 없었다. "그렇다면 너는 계속해서 그 무슬림이 네 죄가 될 만한 황금이나 보석을 갖고 있지 않았다고 우기는 것이냐?"

"그것은 제가 무사히 풀려나기를 바라는 것만큼 사실입니다, 나리." 물지게꾼이 대답했다. "그는 백단향나무로 된 작은 상자 외에는 아무것도 갖고 있지 않았는데, 그는 제 도움에 대한 답례로 그걸 제게 물려주었습니다."

"백단향나무로 된 상자? 백단향나무로 된 상자라고!" 재판관은 보물일 거라고 추측하여 눈을 반짝이며 고함을 질렀다. "그러면 그 상자는 어디 있느냐? 어디에다 그걸 숨겼어?"

"그것은 제 당나귀의 짐바구니에 들어 있으며, 그것으로 나리의 자비를 받을 수 있다면 기꺼이 그것을 나리께 드리겠습니다."

그가 그 말을 채 끝내기도 전에 예리한 형리가 쏜살같이 달려 나가더니 눈 깜빡할 사이에 백단향나무로 만든 그 수수께끼의 상자를 가지고 돌아왔다. 재판관은 떨리는 손으로 다급하게 상자를 열었다. 그 안에 담겨 있을 거라 기대한 보물을 보려고 모두들 앞으로 몰려갔지만 그 안에는 아랍어가 적힌 양피지 두루마리와 초 한 자루 밖에 들어 있지 않아 다들 실망하고 말았다.

유죄 판결을 내려도 얻을 게 없으면 에스파냐의 사법도 공명정대해지기 마련이다. 재판관은 실망을 감추고 정말로 전리품으로 얻을 만한 게 없음을 알게 되자, 이제는 물지게꾼의 설명과 그 설명을 뒷받침하는 그 아내의 증언도 건성으로 들어 넘겼다. 그리하여 그의 결백을 확신하게 되자 체포하지 않고 풀어주었다. 뿐만 아니라 무어인의 유산인 백단향나무 상자와 그 속에 든 물건들도 그의 따뜻한 마음씀씀이에 대한 정당한 보상으로서 가져가게 허락했는데, 다만 그의 당나귀만은 벌금으로 빼앗았다.

불운한 가예고가 다시 어쩔 수 없이 몸소 물독을 지어 날라야 하는 신세가 되어 알함브라의 우물까지 어깨에 독을 메고 터벅거리며 걸어가는 것을 보라.

한여름의 더위 속에서 힘겹게 언덕을 오르는 동안 그는 평소의 밝은 성격을 잃었다. "개 같은 재판관놈!" 그가 고함을 질렀다. "이 불쌍한 가예고의 생계수단이자 세상에서 가장 친한 친구를 훔쳐가다니!" 그러다가 힘든 노동을 함께했던 소중한 동료가 떠오르자 다시 그의 다정한 천성이 솟구쳤다. "아아, 나의 소중한 당나귀야!" 돌 위에 짐을 내려놓고 이마의 땀을 닦으며 그가 소리쳤다. "아, 내 소중한 당나귀! 너도 분명 네 옛 주인을 생각하고 있겠지! 너도 분명 물독을 그리워하고 있을 거야, 아 불쌍한 녀석!"

집으로 돌아가자 아내는 징징거리며 비난을 퍼부어 그렇지 않아도 괴로운 그를 더 괴롭혔다. 그녀는 이 모든 재난을 불러온 그의 바보 같은 호의적 행동을 미리 경고했었기 때문에 확실히 큰소리칠 수 있었고, 영악한 여자답게 기회가 있을 때마다 똑똑한 척하며 그의 아픈 곳을 찔러댔다. 아이들이 먹을 게 없거나 새 옷이 필요하다고 하면 콧방귀를 뀌면서 이렇게 대답했다. "네 아버지한테 가라. 네 아버진 알함브라 치코 왕의 상속자잖니. 그 무어인의 대단한 상자를 가지고 해결해달라고 하렴."

선행을 베풀었는데도 이렇게 혹독하게 벌을 받는 불쌍한 사람이 또 있을까? 운 나쁜 페레힐은 몸도 마음도 괴로웠지만, 그러면서도 아내의 비난을 순순히 다 당하고만 있었다. 마침내 어느 날 저녁, 더운 날씨에 하루의 고된 노동을 마친 뒤 아내가 평소와 다름없이 또 등쌀을 대자 그의 인내심도 바닥나고 말았다. 하지만 그는 감히 아내에게 고함을 지르지는 못하고, 대신 선반 위에서 그의 고통을 조롱하듯 반쯤 뚜껑이 열려 있는 그 백단향나무 상자를 노려보았다. 그는 분에 못 이겨 그 상자를 집어 냅다 바닥에 내동댕이쳤다. "내가 너를 본 게 제일 재수 없는 일이야!" 그가 고함을 질렀다. "아니 네 주인을 내 지붕 아래 들인 게 더 재수가 없었지!"

상자가 바닥에 떨어지면서 뚜껑이 활짝 열리고 안에 있던 양피지 두루마리가 펼쳐졌다. 이윽고 생각을 가다듬은 그는 "잘은 모르지만 이 글은 아주 중요한 걸지도 몰라. 그러니 그 무어인이 그렇게 조심스럽게 지니고 있었던 거겠지?" 그리하여 그는 상자를 품속에 집어넣고 다음날 골목을 누비며 물을 팔러 다니다가 사카틴 시장에서 탕헤르 출신의 무어인이 장신구와 향수를 파는 상점에 들러 그 내용을 설명해달라고 부탁했다.

그 무어인은 두루마리를 꼼꼼히 읽어보더니 턱수염을 쓰다듬으며 미소 지었다. "이 글은 마법에 걸려 감춰진 보물을 찾을 때 쓰는 일종의 주문이군요. 가장 강력한 걸쇠와 빗장, 아니 철석같은 바위도 그 앞에서는 열리고야 마는 그런 힘을 갖고 있다고 합니다."

"에이!" 키 작은 가예고가 소리쳤다. "그런 게 다 나에게 무슨 소용이겠소? 나는 마법사도 아니고 숨겨진 보물 같은 건 알지도 못하는데." 그렇게 말하고는 물독을 어깨에 짊어지고 두루마리는 그 무어인에게 남겨둔 채 물장사나 하려고 터벅터벅 걸어갔다.

그러나 그날 해질 무렵 그가 알함브라의 우물가에서 쉬고 있을 때 잡담꾼들 몇몇이 모여서 수군대고 있었는데, 그렇게 어둑어둑한 시간이면 흔히 그렇듯이 그들의 잡담은 초자연적인 힘에 관한 옛날이야기로 넘어가고 있었다. 모두들 쥐처럼 가난한 사람들이어선지, 그들은 알함브라의 곳곳에 무어인들이 남기고 간 마법에 묶인 보화라는 주제에 유난히 집착했다. 그중에서도 '칠층탑' 아래 깊숙이 묻혀 있는 어마어마한 보물의 존재에 대해서는 그들 모두가 한결같이 믿고 있었다.

이 이야기들은 성실한 페레힐의 마음에 남다른 인상을 남겼고, 혼자서 어두워진 거리를 걸어 돌아가는 길에 그의 마음속에 점점 더 깊이 자리 잡았다. "어쨌든 만약 그 탑 아래에 보물이 숨겨져 있다면, 그리고 만약 무어인이 나에게 남긴 그 두루마리가 보물을 얻게 해준다면!" 갑자기 그런 생각에 사로잡힌 그는 하마터면 물독까지 떨어뜨릴 뻔했다.

그날 밤 그는 그의 머릿속을 헝클어놓은 그 생각들 때문에 밤새 뒤척이며 한숨도 자지 못했다. 날이 밝자 그는 일찌감치 무어인의 상점으로 가서 자신의 계획을 모두 들려주었다. "당신은 아라비아 글자를 읽을 줄 아니까, 우리가 함께 그 탑으로 가서 마법의 힘을 시험해봅시다. 만약 실패한다고 해도 지금보다 더 나빠질 것은 없고, 성공한다면 찾아낸 보물을 모두 똑같이 나누면 될 것이오."

"잠깐만요," 무어인이 말했다. "이 글만으로는 충분하지 않소. 이것은 자정에 아주 특별한 향료를 섞어 만든 초를 밝히고서 읽어야만 하는데, 그 재료들은 내가 구할 수 없는 것이오. 그런 초가 없다면 이 두루마리는 아무 쓸모가 없소."

"아무 말도 마시오!" 키 작은 가예고가 말했다. "나에게 그 초가 있으니 당장에 가져오겠소." 그렇게 말하고 그는 서둘러 집으로 달려가 백단향나무 상자 안에 있던 노란 초를 가지고 돌아왔다.

무어인은 그 초를 만져보고 냄새를 맡아보았다. "이 노란 양초에는 아주 진귀하고 값비싼 향료가 들어 있군요. 바로 이게 그 두루마리에서 말하는 종류의 초요. 이 초가 불을 밝히는 동안에는 가장 강력한 벽과 가장 은밀한 동굴도 열려 있을 것이오. 그러나 초가 꺼진 후, 동굴 안에 남아 있는 사람은 재앙을 면치 못할 거라오. 그 보물들과 함께 마법에 걸려 남아 있게 될 것이오."

그들은 바로 그날 밤 마법을 시험해보기로 의견을 모았다. 그리하여 박쥐와 올빼미 말고는 아무도 다니지 않는 늦은 시간에 알함브라의 숲길을 올라가, 나무들에 둘러싸이고 수많은 전설 때문에 더욱 엄청나 보이는 그 장엄한 탑으로 다가갔다. 그들은 등잔 빛에 의지해 관목 숲을 헤치고 무너진 돌무더기를 넘어 그 탑 아래의 둥근 천장이 있는 문 앞에 도착했다. 그들은 두려움에 떨면서 바위를 뚫고 난 계단을 내려갔다. 그 계단은 음침하고 습기 많은 텅 빈 방으로 이어졌고, 거기서 다시 더 깊은 지하로 이어지는 계단이 나 있었다. 이런 식으로 그들은 그런 계단을 네 번이나 내려갔고 층층이 큰 지하방들이 이어져 있었는데, 네 번째 방은 바닥이 단단했다. 전해오는 이야기에 따르면 그 아래로 세 개의 방이 더 있지만, 그 방은 강한 마법에 걸려 있어서 더 내려갈 수 없다고 했다. 그 방의 공기는 축축하고 냉기가 돌았으며 흙냄새가 났고 등잔도 거의 빛을 발하지 못했다. 그들은 숨 막히는 긴장감에 그 방에서 잠시 멈춰서 있었는데, 잠시 후 감시탑의 종이 자정을 알리는 소리가 희미하게 들렸다. 그 소리를 들은 그들이 초에 불을 붙이자 몰약과 유향과 소합향의 향이 퍼져나갔다.

무어인이 다급한 목소리로 주문을 외기 시작했다. 미처 주문을 다 읽기도 전에 지옥의 천둥 같은 커다란 소리가 났다. 땅이 흔들리면서 바닥이 하품하듯 벌어지자 또 하나의 지하방으로 이어지는 계단이 나타났다. 그들은 두려움에 벌벌 떨면서 그 계단을 내려갔고 등잔불을 비추어 자신들이 온통 아라비아 글자가 새겨진 또 다른 지하방에 와 있음을 알았다. 방한가운데에는 일곱 개의 철 띠로 잠가둔 큰 상자가 있었고, 그양끝에는 갑옷을 입은 무어인들이 마법에 걸린 채 동상처럼꼼짝도 않고 서 있었다. 그 상자 앞에 금과 은과 보석이 가득찬 단지들이 여러 개 놓여 있었다. 그들은 제일 큰 단지에 팔꿈치까지 들어가도록 팔을 밀어 넣어 노란색 커다란 무어의금화와 금으로 된 팔찌나 장신구들을 손에 잡히는 만큼 쉴 새없이 끄집어냈는데, 때때로 동양의 진주 목걸이도 그들의 손가락에 딸려 나왔다. 주머니에 노획물을 가득 쑤셔 넣으면서도 그들은 여전히 가쁜 숨을 몰아쉬며 덜덜 떨었고, 눈 하나깜빡하지 않고 그들을 노려보는 마법에 걸린 무시무시한 두무어인을 겁에 질려 수시로 바라보았다. 이윽고 그들은 들려오는 소리에 갑작스레 공포에 질려 허둥지둥 앞서거니 뒤서거니 하며 계단을 뛰어올라갔다. 그들이 위층 방에 도착했을때 초를 넘어뜨려 불을 껐는데 그러자 바닥이 다시 우레 같은소리를 내며 닫혔다.

그들은 가득 차오르는 불안감에 잠시도 쉬지 않고 손으로더듬어 그 탑에서 빠져나와 나무들 너머에서 반짝이는 별들을 바라보았다. 그런 다음 풀밭에 앉아 가져온 보물을 나누고 당장은 단지를 조금 뒤진 것 정도로 만족하고 다음에 다시 와서 단지들을 다 털기로 의견을 모았다. 또한 서로 신의를 지키기로 맹세하는 차원에서 신물들을 나누어 한 사람은 두루마리를 다른 한 사람은 초를 갖고 있기로 했다. 그런 다음 그들은 두둑한 주머니를 차고 가벼운 마음으로 그라나다를 향해 출발했다.

언덕을 돌아내려오는 동안 빈틈없는 무어인은 순박한 물지게꾼의 귀에 대고 충고의 말을 속삭였다.

"페레힐, 우리가 그 보물들을 확실히 챙겨오고 아무 탈 없도록 조치를 해둘 때까지는 이 모든 일은 철저히 비밀에 붙여둬야 하네. 만약 이 이야기가 조금이라도 재판관의 귀에 들어가면 우리 일은 모두 허사가 되는 걸세!"

"그렇고 말고!" 가예고가 대답했다. "그보다 더 옳은 말이 어디 있을꼬."

"페레힐," 무어인이 말했다. "자네는 지각 있는 사람이니 비밀을 지킬 거라고 믿어 의심치 않네만, 자네에게는 아내가 있지 않은가."

"아내에게도 한마디도 하지 않겠네." 키 작은 물지게꾼이

힘차게 대답했다.

"됐네. 자네의 신중함과 약속만 믿겠네."

그보다 더 확신과 진심이 담긴 약속은 결코 없었을 테지만, 아뿔싸! 어떤 남자가 자기 아내에게 비밀을 감출 수 있겠는가? 분명한 건 남편들 중에서 가장 사랑이 넘치고 유순한 물지게꾼 페레힐 같은 남자는 절대 그럴 수 없다는 것이다. 집에 도착한 그는 구석에 앉아 침울하게 축 처져 있는 아내를 발견했다. "참말로 장하시네," 그가 들어서자 그녀가 소리쳤다. "이렇게 늦은 밤까지 쏘다니다가 이제야 들어오시는군. 오늘은 재워줄 무어인 안 데리고 오셨나 모르겠네." 그리고 울부짖으며 자기 손을 비틀고 가슴을 쾅쾅 치기 시작했다. "나같이 불행한 여자가 또 어디 있어! 지금 내 꼴이 이게 뭐야? 살림은 재판관이랑 형리들이 다 거덜 내고, 남편이란 작자는 식구들 먹일 빵도 못 벌어오는 무능력자인 주제에 밤이나 낮이나 이교도 무어인들하고만 어울려 다니니! 아이고 내 새끼들! 내 자식들아! 우리는 이제 어떻게 되는 거냐? 우리 모두 길거리에 나가 구걸을 해야 할 판이구나!"

착한 페레힐은 아내의 비탄에 마음이 움직여 자기도 함께 훌쩍거리지 않을 수 없었다. 그의 마음은 그의 주머니만큼이나 가득 부풀어 올라 더 이상 억누를 수 없었던 것이다. 그는 주머니 속에 손을 쑤셔 넣어 커다란 금화 서너 개를 꺼내 아내의 품에 넣었다. 불쌍한 여인은 깜짝 놀라 남편이 어떻게 손에 금화를 넣었는지 알 수 없다는 눈으로 빤히 바라보고만 있었다. 아내가 그 놀라움을 수습하기도 전에 키 작은 가예고는 금목걸이를 하나 더 꺼내서 아내의 눈앞에 달랑달랑 흔들며, 입은 양쪽 귀까지 찢어진 채 터져 나오는 기쁨을 가누지 못했다.

"성모님 우리를 굽어 살피소서!" 아내가 소리쳤다. "당신 무슨 짓을 한 거야, 페레힐? 설마 사람 죽이고 도둑질 한 건 아니겠지!"

그 가련한 여인의 상상은 즉시 확신으로 변해버렸다. 그녀의 눈에는 저 멀리 감옥과 교수대가 서 있고 거기에 다리가 굽고 키 작은 가예고가 매달려 있는 장면이 선했다. 그녀는 자신의 상상 속에서 공포에 사로잡혀 격렬한 히스테리를 일으키고 말았다.

그 불쌍한 남자가 무엇을 할 수 있었겠는가? 그는 아내를 진정시키고 그녀의 헛된 망상을 진정시키기 위해 자신에게 찾아온 행운을 모두 들려줄 수밖에 없었다. 그러나 그는 그 누구에게도 철저히 비밀을 지키겠다는 엄숙한 약속을 아내에게 받아낸 후에야 그 이야기를 들려주었다.

그녀의 기쁨을 묘사하기란 불가능하다. 그녀는 남편의 목을 감싸안았는데 그 다정한 손길은 거의 그를 질식시킬 정도였다. "여보," 벅찬 기쁨을 숨길 필요가 없게 된 키 작은 남자가 말했다. "이제 무어인의 유산에 대해 뭐라고 말할 거요? 앞으로는 궁지에 처한 사람을 돕는다고 해서 절대로 나를 나무라지 마시오."

정직한 가예고는 양가죽 깔개로 가서 그것이 솜털로 만든 침대라도 되는 양 깊고 편안히 잠을 잤다. 하지만 그의 아내는 그러지 못했다. 그녀는 남편의 주머니에 들어 있던 것을 모두 깔개 위에 쏟아놓고, 밤새도록 아랍의 금화를 세고 목걸이와 귀걸이를 걸어보면서, 언젠가 부를 마음껏 누리게 될 날 자신의 모습을 상상했다.

다음 날 아침 성실한 가예고는 커다란 금화 하나를 꺼내어 알함브라의 폐허에서 발견한 것이라고 말하고 팔려고 사카틴의 보석상으로 가져갔다. 보석상은 거기에 아랍어가 새겨진 것과 순금이라는 것을 알아보고도 원래 가치의 3분의 1만 쳐주었다. 그런데도 충분히 만족한 물지게꾼은 아이들에게 줄 새 옷과 온갖 종류의 장난감, 배불리 먹을 음식을 잔뜩 사들고 집으로 돌아갔다. 그날 밤 페레힐은 그를 둘러싸고 춤추는 아이들 틈에서 가장 행복한 아버지가 되어 기쁨에 겨워 춤을 추었다.

물지게꾼의 아내는 비밀을 지키겠다는 약속을 놀랍도록 잘 지키고 있었다. 그녀는 하루 반나절 동안 수수께끼 같은 표정으로 당장이라도 부풀어 터질 듯한 가슴으로 돌아다닐 뿐, 수다쟁이 친구들에게 둘러싸여서도 침묵을 지켰다. 물론 그녀가 몇 가지 묘한 분위기를 풍겼던 것은 사실이다. 자기 옷이 너무 낡았다며 양해를 구했고, 금색 레이스와 대롱모양의 구슬로 단을 장식한 새 치마와 새 머릿수건을 주문해야겠다고 말한 것이다. 또 그녀는 남편이 건강에 좋지 않은 물지게꾼 일을 그만둘 생각을 하고 있다고도 넌지시 말했다. 그리고 산 공기가 아이들에게 좋고 무더운 계절에 도시에서 사는 건 불가능한 일이므로 여름에는 시골에 가서 지내려고 한다는 말도 했다.

이웃들은 서로 얼굴을 마주보며 그 불쌍한 여자가 정신이 완전히 나간 거라고 생각했고, 그녀의 고상하고 우아한 태도는 그녀가 등을 돌리는 즉시 친구들 사이에서 비웃음과 놀림감이 되었다.

집밖에서는 절제한 그녀였지만 집안에서는 그것을 보상이라도 하려는 듯 목에는 호화로운 동양의 진주목걸이를, 팔에는 무어인들의 팔찌를 걸고 머리에는 다이아몬드 관을 얹고는 야한 누더기 같은 옷차림으로 방안을 왔다 갔다 했다. 물론 사이사이 부서진 거울 앞에 멈춰 서서 자기 모습을 흐뭇하게 들여다보는 것도 잊지 않았다. 그뿐 아니라 허영심이 발동하여 지나가는 사람들이 자기의 화려한 장신구를 보고 나타내는 반응을 즐기려고 때때로 창가에 모습을 드러내기도 했다.

운명의 뜻인지, 그 순간 길 건너 자기 이발소에서 빈둥거리고 있던 염탐꾼 페드리요 페드루고의 빈틈없는 감시의 눈길에 다이아몬드의 광채가 잡혔다. 바로 다음 순간 그는 문구멍에 눈을 갖다 대고 물지게꾼의 단정치 못한 아내가 동양의 신부처럼 화려하게 장식한 모습을 관찰했다. 그는 그녀가 걸치고 있는 장신구들을 하나하나 정확히 알아내자마자, 전속력으로 재판관에게 달려갔다. 잠시 후 굶주린 형리가 상황을 파악하러 출동했고, 그날이 가기 전에 불쌍한 페레힐은 또다시 재판관 앞에 끌려갔다.

"어찌된 게냐, 이 악당아!" 재판관이 노한 목소리로 소리쳤다. '너는 내게 네 집에서 죽은 그 이교도가 텅 빈 상자 말고는 남긴 게 없다고 말했는데, 듣자하니 지금 너의 아내는 누더기를 입고서도 진주와 다이아몬드를 휘감고 있다고! 참으로 고얀 지고! 그 불쌍한 희생자에게서 빼앗은 물건들을 내놓고 이미 너를 기다리다가 지친 교수대에 매달릴 준비를 해라."

겁에 질린 물지게꾼은 무릎을 꿇고 그가 그 보화를 얻게 된 놀라운 경위를 모조리 고했다. 재판관과 형리와 염탐꾼 이웃은 그 마법에 걸린 보물의 이야기에 탐욕스러운 얼굴로 귀를 기울였다. 재판관은 주문 외웠던 무어인을 잡아오라고 명령했다. 무어인은 자신을 붙잡은 탐욕적인 법 집행자들에 겁을 먹고 어리둥절하여 그곳에 도착했다. 구석에 물지게꾼이 몹시 황송해하는 표정으로 풀이 잔뜩 죽어 서 있는 것을 발견한 그는 이내 사태를 파악했다. "한심한 자로군." 페레힐의 옆을 지나며 말했다. "자네 아내한테 떠벌이지 말라고 내 경고하지 않았나?"

무어인의 이야기는 그 동료의 이야기와 정확히 맞아떨어졌지만 재판관은 믿기지 않는다는 듯 투옥과 엄격한 수사를 들먹이며 협박해댔다.

"진정하십시오, 훌륭하신 재판관 나리." 어느 새 평소의 빈틈없고 침착한 태도를 회복한 무어인이 말했다. "그것을 놓고

치열한 쟁탈전을 벌이느라 이 행운을 놓치지 맙시다. 이 일에 대해 우리 말고는 아무도 모르니 그냥 비밀을 지킵시다. 그 동굴 안에는 우리 모두를 부자로 만들기 충분한 보화가 있습니다. 공평하게 나눌 것을 약속해주신다면 그 문을 열어줄 것이요, 그러지 않으시겠다면 동굴은 영원히 닫혀 있을 것입니다."

재판관은 형리와 따로 의논을 했다. 형리는 늙은 여우 같은 자였다. "무엇이든 약속해주시지요." 그가 말했다. "그 보물을 다 손에 넣을 때까지는 말입니다. 그런 다음 모두 차지하시면 됩니다. 만약 저자와 그 공범이 감히 뭐라고 구시렁거린다면 이교도와 마법사들이니 화형에 처하겠다고 위협하면 됩니다."

재판관은 그 충고가 마음에 쏙 들었다. 눈썹을 만지작거리던 그는 무어인을 돌아보며 말했다. "이것은 참 이상한 이야기로구나. 그래도 사실일지도 모르니, 직접 내 눈으로 그 증거를 봐야만 하겠다. 오늘밤 너는 내가 보는 앞에서 그 주문을 다시 외워라. 정말로 그런 보물이 있다면 우리 모두 사이좋게 나눠가질 테고 그 이상은 아무것도 묻지 않겠다. 만약 너희가 나를 속인다면 내게서 자비를 바랄 생각일랑은 하지도 마라.

그때까지 너희는 갇혀 있어야 한다."

무어인과 물지게꾼은 기꺼이 그 조건에 동의하고, 그 사건이 자신들의 진실을 증명해주리라는 생각에 만족했다.

자정이 다가오자 재판관과 형리와 염탐꾼 이발사는 모두 중무장을 하고 은밀히 길을 나섰다. 그들은 무어인과 물지게꾼을 포로로 앞세우고, 기대하는 보물을 실어오기 위해 물지게꾼의 튼튼한 당나귀도 함께 데리고 갔다. 아무에게도 발각되지 않고 탑에 도착한 그 무리는 무화과나무에 당나귀를 묶어두고 네 번째 지하방까지 내려갔다.

이윽고 무어인이 두루마리를 펼치고 노란 초에 불을 붙인 다음 주문을 외우기 시작했다. 전과 마찬가지로 땅이 흔들리면서 천둥 같은 소리를 내며 바닥이 열리고 좁은 계단이 드러났다. 재판관과 형리와 이발사는 겁에 질려 감히 내려갈 엄두를 내지 못했다. 무어인과 물지게꾼은 아래층으로 내려가 무어인 둘이 저번과 똑같이 꼼짝도 없이 앉아 있는 것을 보았다. 그들은 금화와 보석이 가득 찬 커다란 단지 두 개를 옮겼다. 물지게꾼이 양 어깨에 하나씩 지고 날랐는데, 등이 튼튼하고 짐을 지는 데 익숙한 그조차도 그 무게 때문에 휘청거릴 정도였고, 당나귀의 양옆구리에 신고 났을 때는 그것이 더이상 당나귀가 감당할 수 없는 한계임을 충분히 알 수 있었다.

"지금은 이걸로 만족합시다." 무어인이 말했다. "이것은 우리가 발각되지 않고도 실어나갈 수 있는 양이고, 우리 모두 원하는 만큼 부자가 될 수 있을 만큼 많은 보물입니다."

"뒤에 남아 있는 보물이 더 있나?" 재판관이 추궁했다.

"가장 귀한 것은 진주와 보석이 가득 든 커다란 상자인데 철 띠로 묶여 있습니다."

"무슨 수를 써서라도 그 상자를 가져가자." 욕심 많은 재판관이 소리쳤다.

"나는 더 이상은 가지러 내려가지 않을 겁니다." 무어인이 고집스럽게 말했다. "지각이 있는 사람에게는 이 정도로 충분합니다. 그 이상은 과잉일 뿐이오."

"그리고 짐을 더 실었다가는 내 가여운 당나귀의 등이 꺾일 터이니 나도 더 이상 가져오지 않을 겁니다." 물지게꾼도 말했다.

명령과 위협과 호소가 모두 소용없다는 걸 알게 되자 재판관은 두 부하에게 매달렸다. "나를 도와 그 상자를 가지고 올라와서 그 보물을 똑같이 나누도록 하세." 그렇게 말하고 재판관이 계단을 내려가자 머뭇대던 향리와 이발사도 어쩔 수 없이 그뒤를 따라 내려갔다.

무어인은 그들이 땅 밑으로 들어가는 것을 보자마자 노란 초의 불을 껐다. 바닥은 그 커다란 소음과 함께 닫혔고 세 사람은 동굴 속에 묻혀버렸다.

그런 다음 그는 쉬지도 않고 단숨에 남은 계단을 서둘러 달려 올라갔다. 키 작은 물지게꾼은 짧은 다리로 최대한 빨리 그의 뒤를 따라갔다.

"무슨 짓을 한 건가?" 다시 숨을 가누게 되자마자 페레힐이 소리쳤다. "재판관과 다른 두 사람이 지하에 갇혀버렸네."

"그건 알라의 뜻이야!" 무어인이 독실한 신자처럼 말했다.

"그러면 저들을 풀어주지 않을 건가?" 가예고가 다그쳤다.

"알라께서 허락지 않으시네!" 무어인이 수염을 쓰다듬으며 대답했다. "그 운명의 책에는 그들이 미래의 어떤 모험가들이 와서 마법을 풀어주기 전까지는 계속 마법에 걸린 채 남아 있어야 한다고 적혀 있어. 신의 뜻이 이뤄진 게지!" 그렇게 말하고 나서 그는 협곡의 어두운 숲속으로 초를 내던졌다.

이제는 풀어줄 방법이 없어진 것이다. 그리하여 무어인과 물지게꾼은 풍성한 짐을 실은 당나귀를 데리고 도시로 향했다. 또 착한 페레힐은 이렇게 되찾은 귀가 긴 동료를 끌어안고 입맞춤을 퍼부었는데, 사실상 그 순간 이 소박한 남자의 마음에 가장 큰 기쁨을 준 것이 보물인지 당나귀인지는 알 수 없는 노릇이다.

특히 장신구를 좋아하는 무어인이 진주와 보석 등의 장식물을 자기 몫으로 더 가져가려 한 점만 제외하면, 행운을 얻은 두 사나이는 가져온 보물을 사이좋고 공평하게 나눠가졌다. 대신 무어인은 물지게꾼 몫으로 다섯 배는 큰 황금덩이들을 주었고 물지게꾼도 그것에 대단히 만족했다.

그들은 사건현장 부근에서 오래 머물지 않았고, 편안히 부를 누리기 위해 조심스레 다른 지방으로 옮겨갔다. 무어인은 아프리카로 돌아가 고향인 탕헤르에 가서 살았고, 가예고와 그의 아내와 아이들과 당나귀는 서둘러 포르투갈로 갔다. 그곳에서 그는 아내의 충고를 받아들여 아주 고귀한 인물 같은 외모를 번듯하게 갖추었다. 그녀는 허리가 잘록한 상의와 바지를 입혀 이 선량하고 키 작은 남자의 긴 몸통과 짧은 다리를 가리고, 깃털을 꽂은 모자를 쓰게 했으며 옆구리에는 칼을 차게 했다. 또 페레힐이라는 익숙한 호칭 대신 돈 페드로 힐이라는 좀더 격조 높은 칭호를 붙여주었다. 그의 자식들은 키가 작고 다리가 휘기는 했으나 유복하고 명랑하게 잘 자랐고, 세뇨라 힐 역시 머리부터 발끝까지 술과 레이스로 장식하고 손가락마다 반지를 끼어 화려하고도 천박한 의상과 장식품을 유행시켰다.

거대한 칠층탑 아래 갇힌 재판관과 두 부하는 오늘날까지도 마법에서 풀려나지 못하고 있다. 만에 하나 에스파냐에 약삭빠른 이발사와 욕심 사나운 형리, 부패한 재판관이 부족한 시기가 온다면 사람들이 그들을 찾을 수도 있겠지만, 그들이 자기들을 구원해줄 후손을 기다린다 해도 그들의 마법은 세상이 끝날 때까지도 풀리지 않을 가능성이 크다.

'알함브라의 장미'와 시동의 사랑

무어인들이 그라나다를 포기한 뒤 얼마 동안 에스파냐 왕실은 그 매혹적인 도시를 자주 애용하여 거처로 삼았으나, 잇따른 몇 차례의 지진이 집들을 무너뜨리고 오래된 무어인들의 탑을 기반부터 흔들어대자 겁을 먹고 떠나가버렸다.

그런 다음 오랜 세월이 흐르는 동안 왕실의 귀빈이 그라나다를 찾는 일은 매우 드물었다. 그 고귀한 궁전들은 정적 속에 닫혀 있었고, 알함브라는 아무도 알아봐주지 않는 미녀처럼 돌보지 않고 팽개쳐진 정원들에 둘러싸여 애처롭고 황량하게 버려져 있었다. 한때 아름다운 무어의 세 공주가 살았던 '왕녀들의 탑'도 사방이 폐허 같았다. 그 황금색 둥근 천장에는 거미들이 비스듬히 집을 지었고, 한때 자이다와 조라이다와 조라하이다의 아름다운 자태가 우아함을 더해주던 방에는 박쥐와 올빼미가 둥지를 틀었다. 이 탑이 이렇게 방치된 것은 부분적으로는 그 이웃들의 미신 탓일지도 모른다. 달빛이 비치는 밤이면 그 탑에서 죽은 조라하이다의 영혼이 분수 옆에 앉아 있거나 흉벽에서 구슬피 울고 있다거나, 한밤중에 그 협곡을 지나가던 나그네들이 그녀가 연주하는 은 류트의 선율을 들었다는 소문이 떠돌았던 것이다.

이윽고 그라나다가 다시 한 번 왕족의 거처로 환영을 받게 되었다. 온 세상이 알다시피 펠리페 5세는 부르봉 왕가 사람 중에서 에스파냐를 지배한 최초의 왕이었다. 또한 온 세상이 알다시피 그는 파르마의 아름다운 공주였던 엘리자베타(이사베야)와 재혼했고, 이 결혼으로 에스파냐 왕좌에는 프랑스의 왕자와 이탈리아의 공주가 나란히 앉게 되었다. 이 저명한 부부를 영접하기 위해 최대한 신속하게 알함브라의 보수와 정비가 이루어졌다. 왕가의 도착은 얼마 전까지 버려져 있던 궁전의 전체적인 외양을 바꾸어놓았다. 요란한 북소리, 나팔소리와 골목과 정원 밖을 달리는 말발굽 소리, 번쩍이는 무기들과 외보, 흉벽 곳곳에 내걸린 깃발들이 그 성채가 옛날에 누렸던 호전적인 영광을 다시 떠오르게 했다. 그러나 왕궁 안에서는 한층 부드러운 분위기가 지배하고 있었다. 옷자락이 살며시 스치는 소리, 조심스러운 발소리, 대기실에서 소곤거리는 공손한 신하들의 목소리가 들렸고, 시동들과 궁녀들이 어슬렁거리던 정원에서는 열린 창문 사이로 음악소리가 새어나왔다.

왕족의 수행단 중에는 왕비가 총애하는 루이스 데 알라르콘이라는 시동이 있었다. 그가 왕비의 총애 받는 시동이라고 말하는 것은 곧바로 그를 찬양하는 것이 된다. 그것은 위엄 있는 엘리자베타 왕비의 시종들로 간택된 사람들은 모두 우아함과 아름다움, 뛰어난 기예를 지닌 이들이었기 때문이다. 막 열여덟 살이 된 그는 몸이 가볍고 유연했고 젊은 안티노오스*처럼 우아했다. 왕비 앞에서는 지극히 공손했지만, 사실 그는 궁정의 여인들 틈에서 귀여움을 받으며 자라 버릇이 없고 풋내기이면서도 자기 나이보다 훨씬 많은 여인들에게 익숙해 되바라진 데가 있었다.

이 빈둥거리는 시동이 어느 날 아침 알함브라가 내려다보이

✤ 그리스 신화에 나오는 페넬로페이아의 구혼자 가운데 하나.

는 헤네랄리페의 관목 숲을 헤매고 다니고 있었다. 그는 재미
삼아 자기가 제일 좋아하는 왕비의 큰매 한 마리를 데리고 나
왔다. 그렇게 돌아다니던 중 덤불에서 날아오르는 새 한 마리
를 보고는 매의 두건을 벗기고 날려 보냈다. 매는 높이 날아올
라가서 사냥감을 향해 돌진했지만 그것을 놓치더니 시동의
신호에도 아랑곳하지 않고 멀리 날아가버렸다. 시동은 순간
적으로 마구 날아다니는 매를 눈으로 좇다가, 알함브라의 바
깥쪽 벽 안에 홀로 서 있는 외딴 탑의 흉벽에 내려앉는 것을
보았다. 헤네랄리페의 터와 왕궁 성채를 갈라놓는 협곡의 가
장자리에 세워진 탑이었다. 사실 그 탑은 바로 '왕녀들의 탑'
이었다.

탑 앞에는 갈대로 짠 격자 울타리로 둘러싸인 작은 정원이
있었고 울타리 안에는 배롱나무 꽃이 잔뜩 피어 있었다. 시동
은 쪽문을 열고 꽃밭과 장미꽃 덤불 사이를 지나 그 문으로 걸
어갔다. 그 문은 닫혀서 빗장이 채워져 있었다. 그는 문에 난
틈으로 안을 들여다보았다. 뇌문세공*이 된 벽과 날씬한 대리
석 기둥, 꽃들로 둘러싸인 설화석고 분수가 있는 작은 무어 식

✛ 돌림무늬 장식.

홀이었다. 중앙에는 금색 새장이 걸려 있고 그 안에는 노래하는 새 한 마리가 있었다. 그 밑에는 명주실이 감긴 실패 등 여성들이 쓰는 도구들 틈에 의자 하나가 놓여 있고 그 위에 삼색 얼룩고양이 한 마리가 누워 있었다. 분수 곁에는 리본으로 장식된 기타가 세워져 있었다.

이곳이 아무도 없이 버려진 쓸쓸한 곳이라 여겼던 루이스 데 알라르콘은 여성적 취향과 우아함의 흔적을 발견하자 깜짝 놀랐다. 그것들은 그에게 알함브라에 떠도는 마법에 걸린 홀들에 관한 이야기를 떠오르게 했고 그 삼색얼룩고양이가 마법에 걸린 공주일지도 모른다는 생각에 이르게 했다.

그는 살며시 문을 두드렸다. 위쪽의 작은 창에서 누군가가 아름다운 얼굴을 내밀더니 순식간에 다시 들어가버렸다. 그는 문이 열리기를 기대하며 기다려보았지만 그것은 헛된 기다림이었다. 발소리도 들리지 않는 문 안쪽은 완전히 정적에 휩싸여 있었다. 그가 착각을 한 것이었을까? 그 아름다운 환영은 탑의 요정이었던 것일까? 그는 다시 좀더 큰소리로 문을 두드렸다. 잠시 후 눈부신 얼굴이 다시 밖을 내다보았다. 그것은 열다섯 살 정도 된 막 피기 시작한 소녀의 얼굴이었다.

시동은 즉시 깃털 달린 모자를 벗고 가장 예의바른 말투로

자기 매를 찾을 수 있도록 탑으로 올라가게 해달라고 간청했다.

"저는 문을 열어드릴 수가 없어요. 세뇨르." 어린 소녀가 얼굴을 붉히며 대답했다. "고모님이 누구에게도 문을 열어줘서는 안 된다고 하셨거든요."

"아름다운 아가씨, 부디 간청합니다. 그것은 왕비 마마께서 가장 아끼는 매랍니다. 그 매를 찾지 못하면 저는 궁전으로 돌아갈 수가 없습니다."

"그렇다면 당신은 궁정의 기사들 중 한 분이신가요?"

"그렇답니다, 아름다운 아가씨. 하지만 그 매를 잃어버린다면 왕비님의 총애와 제 지위를 잃게 될 겁니다."

"어머나, 이를 어째! 고모님께서 저에게 특별히 문단속을 당부하신 건 바로 궁정의 기사들을 경계해서인 걸요!"

"사악한 기사들을 경계하는 것은 당연합니다만, 저는 그런 사람이 아닌데다가 아무 해도 끼치지 않습니다. 아가씨께서 이 작은 부탁을 들어주시지 않으면 모든 걸 잃게 될 일개 소박한 시동일 뿐입니다."

어린 소녀의 마음은 시동이 겪을 고난에 마음이 움직였다. 그렇게 사소한 호의를 들어주지 않아 그가 곤경에 처한다면 그 얼마나 딱한 일일까. 더군다나 그는 고모가 항상 생각 없는 소녀들을 먹잇감으로 노리고 돌아다니는 식인종이라고 묘사했던 그런 위험한 존재일 리 없었다. 그는 점잖고 겸손하며 모자를 손에 들고 간청하며 서 있는데다 너무나 매력적이지 않은가!

음흉한 시동은 그녀가 경계를 늦추는 것을 알아보고 어떤 처녀도 본성상 거부할 수 없을 정도로 감동적인 언사로 더욱 더 애절하게 간청했고, 얼굴을 붉힌 그 탑의 어린 파수꾼이 내려와 떨리는 손으로 문을 열었다. 창을 통해 흘낏 본 그녀의 얼굴에 매력을 느꼈던 시동은 그녀의 전신이 자기 앞에 고스란히 드러나자 황홀함에 사로잡혔다.

그녀가 입은 안달루시아의 보디스*와 단정한 치마는 아직 성숙한 여인의 단계에도 채 접어들지 않은, 둥글고도 섬세하게 균형 잡힌 체형을 돋보이게 했다. 이마 위에서 정확하게 가르마를 탄 반짝이는 머리칼은 그 지방 풍습대로 갓 꺾은 장미꽃으로 장식되어 있었다. 남쪽의 강렬한 햇빛에 피부색이 그을기는 했지만 그것은 꽃송이 같은 볼을 더 윤택하게 하고 녹

✤ 여성들이 코르셋 위에 입는 가슴과 허리둘레에 밀착되는 옷.

아내릴 듯 부드러운 눈동자의 광채를 더욱 돋보이게 했다.

루이스 데 알라르콘은 거기서 늑장을 부려서는 안 된다는 것을 알았으므로 이 모든 것을 한눈에 파악해버리고, 감사의 말만 우물거리고는 곧바로 매를 찾으러 나선형 계단을 가볍게 올라갔다.

잠시 후 그는 주먹에 도망간 새를 얹고 돌아왔다. 그동안 소녀는 분수 옆에 앉아서 명주실을 감고 있다가, 흥분한 나머지 실패를 바닥에 떨어뜨렸다. 시동은 재빨리 뛰어가 실패를 집어 들고는 우아하게 한쪽 무릎을 꿇고 소녀에게 내밀었고, 그것을 받으려고 내민 소녀의 손을 붙잡아 왕비의 아름다운 손에 했던 것보다도 더 열렬하고 경건하게 입을 맞추었다.

"어머나 맙소사, 세뇨르!" 그런 인사를 받아본 적이 없던 소녀는 당황과 놀라움에 더욱더 얼굴을 붉히며 소리를 질렀다.

겸손한 시동은 천 번이나 사과를 하며, 그것은 궁정에서 가장 깊은 존경과 경의를 표하는 인사법이라고 말해주었다.

그녀의 분노는 ─ 만약 그녀가 분노를 느꼈다면 말이지만 ─ 쉽게 가라앉았지만, 흥분과 당혹감은 가시지 않았다. 그녀는 바느질감에 시선을 내리깔고 감으려던 실을 헝클기만 하면서 얼굴만 점점 더 붉히고 있었다.

교활한 시동은 그녀의 동요를 알아차리고 그 상황을 자기에게 유리하게 이용하려 했지만 그가 내뱉는 아름다운 말은 그의 입술에서 죽어버렸고, 신사답게 보이려는 동작은 어설프기만 했다. 궁정의 경험 많고 영악한 부인네들 사이에서 우아하고 뻔뻔한 행동으로 눈에 들었던 그 능수능란한 시동은 열다섯 살 먹은 순진한 소녀 앞에서 긴장하고 당황하는 모습에 제 스스로 놀라고 말았다.

사실상 그 꾸밈없는 소녀의 정숙함과 순진함 바로 그 속에는, 감시에 혈안이 된 그녀의 고모가 걸어놓은 빗장과 걸쇠보다도 더 효과적인 보호자가 있었던 것이다. 그러나 어느 여자의 마음이 첫사랑의 속삭임에 넘어가지 않을 수 있겠는가? 그렇게 순진한 어린 소녀도 시동의 더듬거리는 말이 차마 표현하지 못한 모든 것을 본능적으로 이해했으며, 처음으로 자기 발 앞에 무릎을 꿇은 연인의 모습을, 그것도 그렇게 매력적인 연인의 모습을 본 그녀의 가슴은 한껏 부풀어 올랐다.

시동의 순진한 수줍음은 오래가지는 않았고, 그는 곧 평소의 유연하고 자신감 있는 태도를 회복하였다. 그때, 멀리서 날카로운 목소리가 들려왔다.

"고모님이 미사를 마치고 돌아오시고 있어요!" 소녀가 두려움에 떨며 말했다. "제발 떠나세요, 세뇨르."

"그대가 머리에 꽂은 그 장미를 기념으로 주기 전에는 가지 않겠소."

소녀는 새카만 머리채에서 다급하게 장미를 떼어냈다. "받으세요." 그러고는 초조하여 얼굴을 붉히며 말했다. "그리고 어서 가세요."

시동은 꽃을 받아들면서도 동시에 그것을 내민 아름다운 손에 입맞춤 세례를 퍼부었다. 그런 다음 그 꽃을 자기 모자에 꽂고 매를 주먹에 앉히고는 다정한 하신타의 마음을 함께 가지고 정원을 가로질러 달려갔다.

탑에 도착한 감시꾼 고모는 조카딸의 동요와 실내에서 풍기는 혼란스러운 분위기를 눈치 챘지만, 한마디 설명으로 충분했다. "큰매가 먹잇감을 찾아 홀 안으로 들어왔었어요."

"우리에게 자비를! 매가 탑 안으로 날아 들어오다니! 그렇게 뻔뻔스러운 매 이야기는 처음 들어보는구나. 새장 안에 있는 새조차 안전하지 않다니!"

잠시도 감시를 늦추지 않는 프레데곤다는 노처녀들 중에서도 가장 경계심이 강한 여자였다. 그녀는 자신이 '반대의 성'이라고 부르는 남성에 대해 공포와 불신을 품고 있었고, 그것은 독신의 삶이 길어질수록 점점 더 깊어만 갔다. 그렇다고 그 훌륭한 여성이 남성들의 농간으로 고통받았던 것은 아니다. 되려 그녀 스스로 얼굴에 호위병을 세워두어 아무도 그녀의 영역을 침범하지 못하게 한 것이다. 두려워할 이유가 가장 적은 숙녀들이야말로 그들의 매력적인 이웃에 대한 감시에 가장 적극적이다.

조카딸은 전사한 장교의 고아였다. 수녀원에서 교육을 받다가 최근에 그 신성한 보호시설에서 고모의 직접적인 보호 아래로 옮겨왔는데, 커다란 그늘을 드리운 것 같은 그녀의 보호 아래서 소녀는 성 안에 숨겨져 무기력하게 지내고 있었다. 마치 가시덤불 아래에서도 꽃을 피우고 있는 장미처럼. 이것이 완전히 우연한 비유는 아닌 것이, 사실 막 피어나려는 그녀의 신선한 아름다움은 그렇게 갇혀서 지내고 있는 동안에도 사람들의 눈길을 사로잡아서, 안달루시아 사람들은 특유의 시적인 기질을 발휘하여 그녀를 '알함브라의 장미'라고 불렀기 때문이다.

경계심 많은 고모는 왕실 사람들이 그라나다에 머무는 동안에도 계속해서 매력적인 어린 조카를 철저히 감시했고 자신의 감시에 흡족해하고 있었다. 사실 그 훌륭한 숙녀도 때때로 달빛이 비치는 밤, 탑 아래서 딸랑거리는 기타소리와 사랑노래에 마음이 산란해진 적이 있지만, 그럴 때마다 조카딸에게 그런 가치 없는 음유시인의 노래에는 귀를 닫아버리라고 훈계했으며, 그것은 종종 순진한 처녀들을 유혹하여 파멸에 이르게 하는 기술 중 하나라고 가르쳤다. 아아! 그러나 아무리 무미건조하다 한들 순진한 처녀에게서 달밤의 세레나데를 어떻게 훈계로 막아낼 수 있을까?

이윽고 펠리페 왕이 그라나다 체류를 마치고 갑자기 모든 수행원을 데리고 떠나버렸다. 경계심 많은 프레데곤다는 정의의 문을 나서 도시로 이어지는 큰 길을 따라 내려가는 왕실의 행렬을 지켜보았다. 마지막 깃발까지 시야에서 사라졌을 때 그녀는 이제 모든 걱정이 끝났다고 기뻐하며 탑으로 돌아왔다. 그러나 그녀는 날렵한 아라비아의 준마가 정원의 쪽문 앞에서 발굽으로 바닥을 구르고 있는 것을 보고 깜짝 놀랐다. 그리고 장미 덤불 사이로 화려하게 수놓인 옷을 입은 젊은이가 조카의 발치에 무릎을 꿇고 있는 광경에 더욱 경악을 금치 못했다. 그녀의 발소리가 들리자 그는 부드럽게 작별인사를 하고 갈대와 배롱나무의 담장을 가볍게 뛰어넘어 말에 오르더니 순식간에 시야에서 사라졌다.

여린 하신타는 슬픔의 고통 속에서 고모의 불쾌함도 알아차리지 못했다. 그리고 고모의 품에 안겨 흐느낌과 눈물을 터뜨리고 말았다.

"아아, 내 사랑!" 그녀가 소리쳤다. "그가 떠났어요! 그가 떠났어! 그가 떠났다고요! 그리고 이제 다시는 그를 볼 수 없어요."

"떠나다니! 누가 떠나? 네 앞에 무릎 꿇고 있던 그 젊은이는 누구냐?"

"왕비님의 시동이에요, 고모. 제게 작별인사를 하러 왔었어요."

"왕비님의 시동이라고, 애야?" 감시꾼 프레데곤다가 희미한 목소리로 물었다. "그런데 네가 언제 왕비님의 시동과 알게 되었지?"

"큰매가 탑으로 날아 들어왔던 아침에요. 그가 왕비님의 큰매를 찾으러 왔었어요."

"아, 이 어리석은 계집아이 같으니! 젊고 짓궂은 시동들에 비하면 큰매 따위는 그 반의 반도 안 위험해! 그들이 언제나 노리는 것은 바로 너 같은 순진한 새들이란 걸 몰랐더냐."

고모는 처음에는 자신이 그렇게 자부했던 감시에도 불구하고, 바로 자기 눈 아래서 젊은 연인들의 다정한 만남이 이루어졌다는 사실에 무척 분개했다. 하지만 순진한 조카가 빗장과 걸쇠의 보호 없이 이성의 책략에 노출되었는데도 그 불같은 시련에서 화상을 입지 않고 벗어난 것은, 정숙하고 신중한 가르침을 조카의 입술까지 차오르도록 담가둔 제 덕분이라며 스스로 위로했다.

고모가 자기 자존심을 달래며 누워 있는 동안 조카는 시동이 계속 되풀이했던 정절의 맹세를 가슴속에 소중히 품고 있었다. 그러나 잠시도 가만히 머무르지 않고 떠돌아다니는 남자의 사랑이란 어떤 것일까? 떠돌아다니는 시냇물은 한동안 제 기슭에 있는 꽃들을 희롱하다가도 울고 있는 꽃들을 남겨두고 그냥 지나쳐 흘러가버리지 않던가.

여러 날이, 여러 주가, 여러 달이 흘러도 그 시동에게는 아무 소식도 들리지 않았다. 석류가 익어가고 포도나무가 열매를 맺고 산에서 가을비가 억수처럼 퍼붓고 시에라네바다가 흰 외투를 입고 겨울의 돌풍이 알함브라의 여러 홀들을 울리며 지나가도, 그래도 그는 오지 않았다. 겨울도 지나갔다. 노래와 꽃송이와 부드럽게 달래주는 산들바람과 함께 온화한 봄이 다시 찾아왔다. 산의 눈도 다 녹아내리고 반짝이는 시에라네바다의 꼭대기에만 조금 남은 눈이 무더운 여름 대기에서 반짝거렸다. 그런데도 시동에게서는 아무 소식도 들을 수 없었다.

그러는 동안 가여운 하신타는 점점 창백해지고 생각이 깊어졌다. 예전에 좋아하고 몰두했던 일들도 다 내팽개쳐 그녀의 명주실은 헝클어진 채 내던져졌고 그녀의 기타는 아무 소리도 내지 못했으며 그녀의 꽃들도 보살핌을 받지 못했고 새의 노래는 들어주는 사람이 없었다. 한때 그토록 밝게 빛났던 그녀의 눈동자는 몰래 흘리던 눈물로 어두워졌다. 실연한 아가씨의 격정을 부추길 쓸쓸한 곳이 있다면 그것은 분명 모든 것이 다정하고 낭만적인 망상을 불러일으키려고 작당한 듯한 알함브라 같은 곳일 게다. 그곳은 바로 연인들을 위한 낙원이다. 하여 그런 낙원에 홀로 있는 것은 얼마나 힘든 일이겠는가. 그것도 그냥 혼자가 아니라 버려진 것이라면!

"아아, 이 어리석은 것아!" 침착하고 빈틈없는 프레데곤다는 침울한 기분에 빠져 있는 조카를 보면서 말했다. "내가 너에게 남자들의 농간과 거짓말에 대해 경고하지 않았었니? 게

다가 그렇게 도도하고 포부가 큰 가문 사람에게 네가 무엇을 기대할 수 있겠니? 넌 고아에다가 몰락한 가난한 집안의 자손인데. 명심해라. 만약 그 청년이 진실하다고 하더라도 궁정에서 가장 자부심 강한 귀족 중 한 사람일 그의 아버지는 너처럼 하찮고 가진 것 없는 아이와 정혼을 허락지 않으리란 걸. 그러니 마음을 다잡고 네 머릿속에서 그 헛된 생각을 몰아내버려라."

물 샐 틈 없는 프레데곤다의 말은 조카를 더 침울하게 만들 뿐이었다. 소녀는 곁에 아무도 없을 때만 자신의 감정에 솔직하려고 노력했다. 어느 한여름 밤, 고모도 잠자러 간 후 아주 늦은 시간에 그녀는 그 탑의 홀에서 설화석고 분수 옆에 앉아 있었다. 바로 거기가 그 신의 없는 시동이 처음으로 무릎을 꿇고 그녀의 손에 입을 맞추었던 곳이었다. 그가 수차례 영원히 변치 않겠다고 맹세했던 곳도 바로 거기였다. 가련한 소녀의 가슴은 슬프고도 다정한 추억들로 가득 차올랐고 흐르는 눈물은 천천히 한 방울씩 분수 속으로 떨어졌다. 수정처럼 맑은 물이 점차 요동하며 거품이 부글부글 끓어오르더니 화려한 무어 식 옷을 입은 여인의 형상이 서서히 그녀의 눈앞에서 일어섰다.

하신타는 너무나 놀라 홀에서 달려 나갔고 다시 돌아올 엄두를 내지 못했다. 다음날 아침 그녀는 고모에게 자신이 본 것을 이야기해주었지만, 고모는 정신이 쇠약해진 그녀가 환상을 보았거나 분수 옆에서 잠들었다가 꿈을 꾼 것이라고 생각했다. "네가 옛날에 이 탑에 살았다는 그 무어의 세 공주 이야기를 생각하고 있었던 모양이지. 그래서 그 이야기가 네 꿈속으로 들어간 게야."

"무슨 이야기요, 고모? 나는 그런 이야기는 모르는 걸요."

"너도 분명히 들었었다. 왕인 아버지가 이 탑에 가둔 세 공주 자이다와 조라이다와 조라하이다가 기독교인 기사들과 달아나기로 했던 이야기 말이다. 두 언니는 탈출을 감행했지만 셋째는 결심을 굳히지 못해서 실패했고 이 탑에서 죽었다고들 하더구나."

"이제 들었던 기억이 나네요." 하신타가 말했다. "그리고 여린 조라하이다의 운명에 슬피 울었던 것도요."

"네가 그녀의 운명을 생각하며 우는 것도 무리가 아니지." 고모가 말을 이었다. "조라하이다의 연인이 바로 너의 조상이니까 말이다. 그는 오랫동안 그의 무어인 연인 때문에 슬퍼했지만, 시간이 그의 슬픔을 치유해주어 그는 에스파냐 여인과 결혼을 했고 너는 그들의 후손이란다."

하신타는 그 말을 곰곰이 되새겨보았다. "내가 보았던 것은 환영이 아니야." 그녀는 자신에게 말했다. "나는 확신해. 만약 그것이 정말 아직 이 탑에 머무른다는 그 여린 조라하이다의 영혼이라면 내가 겁낼 게 뭐가 있어? 오늘밤 분수 옆에서 지켜보아야지. 어쩌면 오늘도 찾아올지 모르니까."

자정이 가까워져 사위가 조용해졌을 때 그녀는 다시 홀에 자리를 잡고 앉았다. 멀리 알함브라의 감시탑에서 자정을 알리는 종이 울리자, 분수는 다시 요동치면서 부글부글 끓어올랐고, 물을 뿜어 올려 무어 여인의 형상을 다시 일으켜 세웠다. 그녀는 젊고 아름다웠으며 보석이 화려하게 달린 드레스를 입고, 손에는 은색 류트를 들고 있었다. 하신타는 덜덜 떨리고 정신이 아득해졌지만, 그 영혼의 부드럽고 구슬픈 목소리와 창백하고 쓸쓸한 얼굴의 사랑스러운 표정에서 다시 용기를 얻었다.

"사람의 딸이여." 그녀가 말했다. "무엇이 너를 괴롭히느냐? 왜 너의 눈물은 분수에 걱정을 안겨주고 왜 너의 한숨과 비탄은 고요한 밤의 수호자를 어지럽히느냐?"

"제가 우는 건 남자의 불성실함 때문이고, 제가 한탄하는 건 쓸쓸히 버려진 제 신세 때문이지요."

"마음을 편히 가져라. 너의 슬픔이 끝날 날이 올 것이다. 네 앞에 있는 나는 너처럼 사랑 때문에 불행했던 무어의 공주이니라. 너의 조상인 기독교인 기사가 나의 마음을 얻어 나를 자기 고향으로 그리고 그의 교회의 품으로 데려가려고 했었단다. 나는 마음속으로는 개종을 하였지만, 내 믿음에 맞먹는 용기를 갖지 못하여 너무 늦게까지 미적거렸다. 그 때문에 사악한 악령들이 나에게 힘을 미쳤고, 나는 마법에 붙들린 채 이 탑에 남아 있게 되었단다. 어떤 순수한 기독교인이 고맙게도 그 마법의 주문을 풀어줄 날까지 말이야. 네가 그 일을 해주겠니?"

"기꺼이 하겠어요." 소녀가 떨면서 대답했다.

"그럼 두려워 말고 이리로 오너라. 이 분수에 네 손을 담그고 그 물을 나에게 뿌려 너의 신앙에 따라 나에게 세례를 해다오. 그러면 마법은 풀리고 나의 고통 받는 영혼은 쉴 수 있게 될 것이다."

소녀는 휘청거리는 걸음으로 다가가서 분수에 손을 담가서 손바닥으로 물을 퍼 올려 그 환영의 창백한 얼굴에 뿌렸다.

환영은 말로 표현할 수 없이 자애로운 미소를 지었다. 그녀는 은색 류트를 하신타의 발치에 떨어뜨리고 하얀 두 팔을 가슴 위에 모으더니 녹아서 시야에서 사라졌다. 이제 물방울들만이 분수 속으로 떨어져 내렸다.

하신타는 경외감과 놀라움을 가득 안고 홀에서 물러났다. 그날 밤 그녀는 거의 눈을 붙이지 못했지만, 날이 밝을 무렵 불편한 선잠에서 깨어났을 때는 그 모든 일이 불안한 꿈 같았다. 그러나 홀로 내려가 보고는 그 환영이 실제로 일어난 일임을 확인할 수 있었다. 분수 옆에 아침 햇살을 받은 은색 류트가 반짝이고 있었기 때문이다.

그녀는 급히 고모에게 달려가 자기에게 일어났던 모든 일을 이야기하고, 그 이야기가 사실임을 입증해줄 류트를 보여주었다. 만약 그 고상한 숙녀에게 의심이 남아 있었다고 하더라도, 그것은 하신타가 그 악기를 만지는 순간 모조리 사라졌다. 그녀가 류트에서 뽑아낸 선율은 영원히 겨울만 지속되던 빈틈없는 프레데곤다의 냉랭한 가슴까지도 녹여 따뜻하게 할 정도로 황홀했기 때문이다. 초자연적인 힘을 지닌 선율이 아니라면 결코 그런 힘을 발휘할 수 없을 것이다.

그 류트의 특별한 힘은 날이 갈수록 더욱 분명해졌다. 그 탑을 지나던 나그네들은 숨 막히는 황홀경의 마법에 사로잡혀 더 가지 못하고 멈춰 섰다. 주변 나무에 모여 있던 새들도 자기들의 노래를 그치고 마법 같은 침묵 속에서 귀를 기울였다.

그 일은 곧 소문이 되어 널리 퍼져나갔다. 그라나다의 주민들은 왕녀들의 탑 주위를 떠도는 그 천상의 음악을 몇 소절이라도 듣기 위해 알함브라로 몰려들었다.

그 사랑스러운 음유시인은 마침내 그녀의 은신처를 떠났다. 나라 안의 부자와 권세 있는 자들은 그녀를 즐겁게 해주고 그녀에게 영예를 베풀 기회를 놓고 경쟁했고, 또 자신들의 살롱에 멋진 사람들을 많이 불러 모을 류트를 누가 차지할지를 놓고 싸웠다. 그녀가 어디를 가든 경계심 많은 고모는 바로 옆에 붙어서 엄격하게 감시하면서 음유시인의 선율에 홀딱 반한 열렬한 군중들을 위압했다. 그녀의 경이로운 힘에 관한 소문은 이 도시에서 저 도시로 퍼져나갔다. 말라가, 세비야, 코르도바 이 모든 도시들은 차례로 그녀의 이야기에 열광했고, 안달루시아 전역에서 사람들은 알함브라의 아름다운 음유시인에 관한 것 외에 다른 이야기는 하지도 않았다. 사랑의 영감을 받은 음유시인이 마법의 힘을 지닌 류트를 연주하는데, 안달루시아 사람들처럼 음악적이고 낭만적인 사람들이 어찌 매료되지 않을 수 있겠는가?

안달루시아 전체가 그렇게 음악에 미쳐 있는 동안 에스파냐의 궁정에서는 전혀 다른 분위기가 지배하고 있었다. 잘 알려져 있다시피 펠리페 5세는 가련할 정도로 자기 건강을 염려하는 병이 있었고 온갖 종류의 환상에 쉽게 사로잡혔다. 때로는 몇 주 동안 계속 침대에 누워 불평 어린 상상을 하며 신음하기도 했다. 또 어떤 때는 왕위를 포기하겠다고 고집을 피워, 궁정의 화려함과 왕관의 영광을 너무나도 좋아하며 우둔한 남편의 왕좌를 전문적이고 안정적으로 유지하게 했던 왕비에게 지독한 골칫거리가 되기도 했다.

왕의 변덕스러운 우울증을 몰아내는 데는 음악만큼 효과가 좋은 것이 없었다. 그래서 왕비는 가수든 연주자든 가장 뛰어난 음악가들을 불러 모아 곁에 두었고, 유명한 이탈리아 가수 파리넬리도 일종의 왕실주치의로 궁정에 기거했다.

그러나 우리가 이야기하고 있는 바로 그 시점에는, 이전의 모든 망상들을 뛰어넘는 기괴한 도착이 부르봉 왕가의 이 현명하고도 걸출한 왕의 정신을 사로잡고 있었다. 왕은 파리넬리의 노래와 궁정 바이올리니스트들의 협연도 전혀 듣지 않고 자기가 상상한 질병을 오랫동안 앓고 나더니 급기야 그 망령에게 거의 항복하고 자신을 완전히 죽은 사람으로 여겼다.

그가 죽은 사람에 걸맞은 조용한 상태에 만족하고 머물러 있기만 했더라도 왕비와 궁정 사람들은 별 탈 없이 안심할 수 있었을 것이다. 그러나 왕은 계속 자신의 장례식을 치르자고 고집하여 그들을 곤란하게 하더니, 자신을 매장하지 않고 그냥 두는 그들의 태만함과 불손함을 참지 못해 호되게 나무라면서 이루 말할 수 없는 곤혹을 안겨준 것이다. 어찌 해야 하는 것일까? 격식을 중시하는 궁정의 순종적인 신하들은 왕의 절대적인 명령을 거역하는 것은 무도한 짓이라고 여겼지만, 그 명령을 따르느라 왕을 생매장하는 것 역시 뻔뻔한 군주살해가 아닌가!

궁정이 이런 끔찍한 딜레마에 빠져 있을 때, 모든 안달루시아 사람들의 마음을 빼앗아버린 한 여자 음유시인에 관한 소문이 왕궁까지 도달했다. 왕비는 당시 왕궁이 있던 산 일데폰소로 서둘러 그녀를 데려오라고 명령했다.

며칠 후 왕비가 궁녀들과 함께 베르사이유의 영광을 가리려는 의도로 멋진 가로수길과 테라스와 분수를 만들어놓은 위풍당당한 정원을 거닐고 있을 때 그 유명한 음유시인이 왕비 앞에 불려왔다. 엘리자베타 왕비는 온 세상을 광기로 몰아넣은 그 어린 소녀의 겸손한 외양을 놀라서 바라보았다. 그림 같은 안달루시아의 드레스를 입은 그녀는 손에 은색 류트를 들고 겸손하게 시선을 아래로 깔고 있었지만, 그 소박하고도 신선한 아름다움은 그녀가 '알함브라의 장미'임을 알려주었다.

언제나 그렇듯이 그녀를 따라다니며 한시도 경계를 늦추지 않는 프레데곤다가 왕비의 질문에 하신타의 부모와 가계에 관한 모든 이야기를 들려주었다. 하신타의 외양에 호감을 느낀 엘리자베타 왕비는 그녀가 지금은 몰락했지만 공을 세운 가문의 출신이며, 그녀의 아버지가 왕실에 봉사하다 젊은 나이에 전사했다는 사실을 알고는 더욱 마음이 흡족해졌다. "만약 너의 힘이 명성 그대로라면, 그리하여 네가 폐하를 사로잡은 악령을 몰아낼 수 있다면, 앞으로 너의 운명은 내가 돌볼 것이며 명예와 부가 너를 보살펴줄 것이니라."

어서 그녀의 재주를 시험해보고 싶은 마음에 왕비는 우울증에 걸린 왕의 거처로 당장 그녀를 데려갔다.

하신타는 눈을 내리깔고 줄지어 선 경비병들과 신하들의 무리를 지나 왕비를 따라갔다. 마침내 그들은 컴컴한 어둠이 드리운 커다란 방에 도착했다. 창들은 햇빛을 가리기 위해 모두 닫혀 있었고 은촛대에서는 노란 양초 몇 개가 쓸쓸한 빛을 퍼뜨리며, 상복을 입고 말없이 서 있는 사람들과 수심이 가득한 얼굴로 발소리도 내지 않고 다니는 신하들의 모습을 희미하게 비추고 있었다. 장례의 침상 혹은 관대 한가운데에는 곧 매장을 기다리고 있는 왕이 가슴 위에 두 손을 포개고 겨우 코끝만 보이게 누워 있었다.

왕비는 소리 없이 그 방으로 들어가 어두운 귀퉁이에 있는 낮은 의자를 가리키며, 하신타에게 거기 앉아서 연주를 시작하라는 손짓을 보냈다.

처음에 그녀는 떨리는 손으로 류트를 건드렸지만, 점점 자신감과 활기를 되찾으면서 부드럽고 몽환적인 선율을 자아내었고, 거기 모인 모든 사람들은 그것이 현실에서 들을 수 있는 소리라고는 믿지 못할 지경이었다. 이미 자신이 영혼들의 세계에 속해 있다고 생각하던 왕은 그것이 천사의 노랫소리거나 천상의 음악이라고 생각했다. 점차 다양한 주제들이 이어지며 악기소리에 음유시인의 목소리가 더해졌다. 그녀는 알함브라의 옛 영화와 무어인들의 업적을 이야기하는 전설적인 담시를 불렀다. 그녀의 영혼 전체가 그 주제와 공명하는 듯했는데 그것은 알함브라의 추억들이 그녀의 사랑을 떠오르게 했기 때문이다. 생기에 찬 선율이 장례식장을 울렸다. 그 음악은 왕의 우울한 심장에도 느껴졌다. 그가 머리를 들고 주위를 둘러보았고 일어나서 소파에 앉았다. 마침내 왕의 눈이 밝게 빛나기 시작했다. 그는 바닥에 뛰어내리더니 검과 방패를 가져오라고 명령했다.

음악의 승리, 아니 마법의 류트의 승리는 완벽했다. 우울한 악령은 쫓겨 나갔다. 말하자면 죽었던 사람이 다시 살아난 것이다. 그 방의 창문들이 활짝 열리고 영광스러운 에스파냐의 찬란한 햇빛이 음울하던 방안으로 쏟아져 들어왔다. 모든 이의 눈이 사랑스러운 여자 마법사를 찾았지만, 그녀는 류트를 들고 있지 않았다. 그녀는 바닥에 털썩 주저앉았고 다음 순간 루이스 데 알라르콘의 품에 안겨 있었다.

곧 그 행복한 한 쌍을 위해 대단히 성대한 결혼식이 거행되었다. 여기서 잠깐. 독자들이 질문하는 소리가 들린다. 루이스 데 알라르콘은 그 오랜 무심함을 어떻게 해명했는가? 아, 그것은 모두 자부심 강하고 현실적인 그의 아버지가 반대한 탓이었다. 게다가 서로 정말 좋아하는 젊은이들은 일단 다시 만나기만 하면 곧 서로 호의적으로 이해하고 지난 원한은 다 묻어버리는 법이다.

그렇다면 그 자부심 강하고 현실적인 늙은 아버지는 그들의 결합을 어떻게 받아들였을까?

그의 거리낌은 왕비의 한두 마디에, 특히 왕실이 총애하는 꽃다운 하신타에게 높은 지위와 보상을 안겨주자 쉽게 극복되었다. 게다가 하신타의 류트는 여러분도 아시다시피 마법의 힘을 지니고 있으니 지독히 완고한 머리와 매정한 가슴도 감화시키지 않겠는가.

그럼 그 마법의 류트는 어떻게 되었을까?

아, 그것이야말로 가장 궁금한 문제이며 동시에 이 이야기 전체의 진실성을 간단히 증명해준다. 그 류트는 한동안 그 가문에 남겨져 있다가 도둑맞아 사라졌는데, 사람들은 그것이 말 그대로 질투에 눈이 먼 위대한 가수 파리넬리의 소행이라고 여겼다. 그가 죽은 후, 이탈리아의 다른 누군가의 손으로 넘어갔는데 그 마법의 힘을 알지 못하는 그는 그 은은 녹이고 현은 낡은 크레모나 바이올린의 현으로 바꾸어 달았다. 그 현은 아직도 그 마법의 힘을 조금이나마 지니고 있다. 독자들에게만 살짝 이야기하는데 이 말을 더 멀리 퍼뜨리지는 마시라. 지금 그 바이올린은 마법으로 전 세계를 사로잡고 있다. 그것은 바로 파가니니의 바이올린이다!

퇴역군인

내가 알함브라 성채 주변을 돌아다니다가 알게 된 특이한 사람들 중에 무어의 탑에 매처럼 둥지를 틀고 지내는 상처투성이의 용감한 늙은 퇴역대령이 있다. 그가 남들에게 들려주기 좋아하는 그의 역사는 거의 모든 에스파냐 사람들의 삶을 질 블라 이야기*만큼이나 다양하고 변덕스러운 이야기로 만드는 모험과 재난과 부침의 연속이다.

그는 열두 살 때 아메리카에 있었는데, 워싱턴 장군을 본 사건을 자기 인생에서 가장 중요하고 좋은 운이 따른 일이라 여겼다. 그때 이후로 그는 자기 나라에서 일어난 모든 전쟁에 참

✛『질 블라 이야기Histoire de Gil Blas de Santillane』(1715~35). 피카레스크 소설(악한소설)을 모범으로 삼은 알랭 르네 르사주의 네 권짜리 장편소설.

전했다. 그는 자신이 경험한 이베리아 반도에 있는 대부분의 감옥과 지하감옥들에 관한 이야기를 들려줄 수 있다. 게다가 한쪽 다리가 불구가 된 적이 있고 양손에도 부상을 당했으며 칼에 찔린 상처도 많아, 에스파냐의 분쟁에 관한 한 걸어 다니는 기념비가 될 정도이다. 로빈슨 크루소가 나무에 금을 새겨 지나간 날짜를 표시했듯이 그의 몸에는 모든 전투와 소동들이 흉터로 남겨져 있는 것이다.

그러나 그 용감하고 늙은 병사가 겪은 가장 큰 불행한 사건은 위험하고 혼란스러웠던 시절, 프랑스군의 침입으로부터 자신들을 보호해달라는 주민들의 요청에 따라 말라가에서 장군으로 군대를 지휘했던 일이다. 이 사건으로 그는 정부에 대해 몇 가지 정당한 요구를 하게 되었다. 그러나 나는 그가 죽는 날까지 그 일을 위해 탄원서와 진정서를 작성하고 인쇄하느라 자기 자신을 괴롭히면서 남은 세월과 재산을 다 탕진하지나 않을지 우려스럽다. 게다가 찾아오는 친구 누구에게나 지루한 문서를 계속해서 읽어주며 주머니에 십여 가지의 선전물을 넣어주는 그는 친구들의 인내심까지 바닥낼 것이다.

그러나 이것은 에스파냐 전역에서 흔히 볼 수 있는 경우다. 우리는 어디를 가든 구석에 틀어박혀 깊은 생각에 잠겨, 잊을 수 없는 원한과 불만을 쌓아온 인사들을 볼 수 있는 것이다. 게다가 정부를 상대로 송사를 벌이고 있거나 무언가를 요구하고 있는 에스파냐인은 남은 인생 내내 해야 할 일이 있나고 보면 된다.

나는 '토레 델 비노(와인의 탑)'의 위쪽에 위치한 그 퇴역군인의 숙소를 방문했었다. 그의 방은 작지만 아담했고 평원이 내려다보이는 전망이 아름다웠다. 방안은 군인다운 정확함으로 정리되어 있었다. 벽에는 머스캣 총 세 자루와 잘 닦아 반들대는 권총 몇 자루, 기병도와 지팡이를 나란히 걸어두었다. 그 위에는 삼각모 두 개가 걸려 있었는데, 하나는 행진 때 쓰고 하나는 평소에 쓴다고 했다. 책 대여섯 권이 꽂혀 있는 작은 선반이 그의 서재였는데, 그중 철학적 경구를 모아놓은 곰팡이가 핀 작고 낡은 책은 그가 제일 즐겨 읽는 책이었다. 그는 매일 그 책을 뒤적이며 곰곰이 생각하다가, 조금이라도 원한의 기미가 있거나 세상의 불의를 다루고 있는 격언들을 발견하면 자기 상황에 구체적으로 적용시켰다.

그래도 그는 사교적이고 친절한 마음씨를 지녔으며, 그가 겪은 부당함이나 그의 철학에서 주의를 돌릴 수만 있으면 함께하기 유쾌한 상대였다. 나는 이 풍파에 시달린 노회한 운명의 아들이 마음에 들었고 그가 들려주는 거친 전투에 관한 일화도 좋아했다. 문제의 그 퇴역군인의 숙소를 방문했을 때 나는 옛날 알함브라 성채의 한 지휘관에 관한 흥미로운 사실들을 알게 되었다. 그는 어떤 면에서 그 퇴역장교와 전쟁에서 겪은 운명이 비슷했다. 나는 지금부터 소개하려는 인물에 대해, 그곳에 오래 살아온 주민들에게(특히 옛날이야기의 주인공들 중 그 인물을 제일 좋아하는 마테오 히메네스의 아버지에게) 물어보아 그에 관한 자세한 내용을 더 많이 알게 되었다.

태수와 잘난 척쟁이 공증인

옛날 알함브라에 전쟁터에서 한쪽 팔을 잃어 '엘 고베르나도르 만코(외팔이 태수)'라 불리던 용맹스러운 늙은 기사가 태수로서 통치하던 시절이었다. 사실 그는 자신이 늙은 군인이라는 점을 자랑스럽게 여겨서 기른 콧수염을 둥글게 말아서 눈까지 닿게 했고, 전투용 부츠를 신고, 꼬챙이처럼 긴 톨레도 검을 차고 바구니 모양의 칼 손잡이에는 손수건을 넣고 다녔다.

그뿐 아니라 그는 대단히 자부심이 강했고 격식을 중시했으며 자신의 모든 특권과 권위에 집착했다. 그가 통치하는 동안에는 알함브라 왕실 주거지와 영지로서의 특전들은 엄격히 지켜졌다. 그 성채에는 특정한 지위에 속하는 이들을 제외하고는 아무도 화기를 지니고는, 심지어 검이나 지팡이를 지니고도 출입이 허가되지 않았으며 기수들은 모두 성문에서 말에서 내려 고삐를 쥐고 말을 끌고 들어가야 했다. 그라나다 시의 한가운데 솟은 알함브라가 있는 산은 말하자면 그 수도의 입장에서는 일종의 이상생성물이었기 때문에, 그 지방을 통솔하는 총사령관에게는 그런 '국가 내의 국가'가 특히 자기 영역 한가운데에서 독립적 지위를 누리고 있어 언제나 심기가 불편했다. 더구나 조금이라도 통치권이나 관할권에 문제가 생기면 불같이 흥분하는 태수의 짜증스러운 질투와, 성채 안에 둥지를 틀고 그곳이 위법자들의 보호구역이라도 되는 양 점차 그곳을 기점으로 도시의 성실한 주민들에게 피해를 끼치며 조직적으로 사기와 약탈을 일삼는 떠돌이들 때문에 사태는 더욱 성가시게 되어갔다.

그리하여 사령관과 태수 사이에는 분쟁과 원한이 끊이지 않았고, 그중에서도 태수 쪽이 더 맹렬하게 악의를 품고 있었다. 본디 이웃한 유력자 가운데 더 힘이 약한 자가 언제나 자신의 위엄에 관한 일이라면 사사건건 트집을 잡는 법이다. 총사령관의 위풍당당한 궁전은 알함브라가 있는 산기슭과 바로 이어진 플라사 누에바에 서 있었고 그곳은 언제나 경비병들의 행진과 하인들, 시정을 맡아 보는 직원들로 혼잡했다. 궁전과 그 앞의 공공광장을 굽어볼 수 있는 알함브라의 돌출된 보루에서는 늙은 태수가 때때로 톨레도 검을 옆구리에 차고 앞뒤로 힘차게 구보하며, 마치 마른 나무의 둥지에서 자신의 먹잇감을 정탐하는 매처럼 자신의 경쟁자를 불안한 눈길로 지켜보고 있었다.

그는 도시에 내려갈 때마다 경비병들에게 둘러싸여 말을 타고 가거나, 여덟 마리의 노새가 끄는 조각된 목재와 금장 가죽으로 만든 낡고 다루기 불편한 에스파냐 식 마차를 타고 옆에서 따라 달리는 하인들과 기마 수행원들과 굽실거리는 아첨꾼들을 대동해 거대한 행렬을 이루며 갔다. 그럴 때면 자신이 왕의 대리인으로서 구경꾼들에게 경외감과 존경심을 심어주었다고 스스로 만족했다. 하지만 정작 그라나다의 똑똑한 사람들 — 특히 총사령관의 궁전 주변에서 빈둥거리고 있던 사람들 — 은 그의 보잘것없는 행진에 코웃음을 치며 그의 부랑자 신민들에 대한 암시로 그를 '거지들의 왕'이라는 별명으로 불렀다.

이 물러설 줄 모르는 두 경쟁자 사이에 가장 많은 분쟁을 일으킨 씨앗은, 자신과 자신의 주둔군이 사용할 모든 물건들은 통과세를 내지 않고 도시를 지나갈 권리가 있다는 태수의 주장이었다. 이러한 특권은 점점 더 광범위한 밀반입을 야기했다. 콘트라반디스타 일당들이 알함브라 성채의 헛간들과 그 부근의 수많은 동굴들에 거처를 정하고, 주둔군 병사들의 묵인하에 번창하는 사업을 운영하고 있던 것이다.

총사령관의 경계도 심해졌다. 그는 자신의 법률고문이자 막일꾼인, 약삭빠르고 간섭하기 좋아하는 에스크리바노(공증인)에게 조언을 구했다. 그 공증인은 알함브라의 늙은 유력자를 골탕 먹이고 난해한 법적 사항들의 미로에 끌어들일 수 있게 되어 몹시 즐거워하였다. 그는 총사령관에게 그의 도시의 문을 통과해서 가는 모든 호송대를 검문할 권리를 주장하라고 충고하고, 그러한 권리의 정당성을 입증하는 긴 편지를 대신 써주었다. 만코 태수은 단도직입적이고 막무가내로 밀어붙이는 늙은 군인으로 공증인을 악마보다 더 싫어했고, 특히 바로 그 총사령관의 공증인을 모든 공증인 가운데 제일 싫어했다.

"무엇이라!" 그가 콧수염을 말아 올리며 사납게 말했다. "그 총사령관이 제 펜대 굴리는 부하놈을 시켜 나를 혼란에 빠뜨리려 한단 말이지? 내 녀석에게 노병은 먹물 나부랭이 따위에 당하지 않는다는 걸 보여주겠다."

그는 자기 펜을 집어 들고 알아보기 힘든 필체로 짧은 편지를 써서, 자신은 하찮은 논쟁에 뛰어들지 않을 것이라 말하고, 여전히 수색 없이 자유롭게 이동할 권리를 고집했으며, 알함브라의 깃발을 단 호송대에 무엄하게 손을 대는 세관직원에게는 호되게 복수를 하겠다고 경고했다. 두 교만한 유력자들 사이에서 이런 문제가 불거지고 있던 어느 날, 요새로 가는 물건을 실은 노새 한 마리가 헤닐 문 앞에 도착했는데, 그 문을 통과하면 그라나다의 외곽을 가로질러 알함브라로 이어지는 길이 있었다. 그 호송대는 태수 밑에서 오랫동안 복무해온 성미 까다롭고 늙은 상등병이 이끌고 있었는데, 그는 제멋대로 행동해 오래된 톨레도 검의 날만큼이나 다루기 힘들고 강건한 사람이었다.

성문으로 다가가는 동안 그 상등병은 노새의 짐보따리에 알함브라의 깃발을 꽂고 몸을 완벽히 90도로 꼿꼿이 세우고 고개는 정확히 전방을 향한 채 걸어갔다. 물론 적진을 지나는 그는 여차하면 달려들어 으르렁대고 싸울 각오를 하고 있는 한 마리 개처럼 조심스러운 곁눈질도 잊지 않았다.

"거기 가는 게 누구냐?" 성문의 문지기가 말했다.

"알함브라의 병사다." 상등병이 고개도 돌리지 않고 말했다.

"갖고 가는 게 무엇이냐?"

"주둔군을 위한 식량이다."

"지나가라."

상등병은 호송대를 끌고 똑바로 나아갔지만, 그가 몇 걸음 가지 못했을 때 통행료 징수 사무소에서 세관관리들로 이루어진 민병대가 뛰쳐나왔다.

"거기 잠깐!" 그중 우두머리가 소리쳤다. "노새몰이꾼, 멈춰서 짐을 열어 보여라."

상등병은 돌아 서서 전투태세를 갖추었다. "알함브라의 깃발을 존중하라. 이것은 태수님을 위한 물건들이다."

"태수가 무슨 문제며 깃발이 무슨 문제냐. 노새몰이꾼, 서라고 말했다."

"네가 위험을 자초하고 싶으면 호송대를 멈춰라." 상등병이 머스캣 총을 겨누며 소리쳤다. "노새몰이꾼, 계속 가라."

노새몰이꾼은 노새를 힘껏 쳤고 세관 직원은 앞으로 뛰어나와 고삐를 붙잡았다. 그 순간 상등병은 그를 향해 총을 겨누더니 쏘아 죽이고 말았다.

순식간에 거리에 소요가 일어났다. 늙은 상등병은 바로 붙

잡혔고, 에스파냐의 흥분한 군중이 다가올 법의 처벌을 미리 맛보여주기 위해 즉석에서 휘두르는 발길질과 주먹질과 몽둥이질을 당한 후에야 수갑이 채워져 감옥으로 끌려갔다. 한편 그의 호송대 동료들은 짐을 철저히 수색당한 뒤 알함브라로 보내졌다.

늙은 태수는 자신의 깃발이 모욕당했으며 상등병이 체포되었다는 소식에 격분했다. 한동안 그는 무어 식 홀들을 미친 듯이 헤매고 씩씩거리며 보루들을 돌아다니다가 총사령관의 궁전을 죽일 듯이 노려보았다. 잠시 분노에 휩싸였던 그는 상등병을 양도하라는 요구하는 메시지를 급파했다. 자기 휘하에 있는 자들의 잘못은 오직 자신만이 판결할 권리가 있다는 것이었다. 총사령관은 신이 난 공증인이 굴려대는 펜대의 도움을 받아, 그 범죄가 자기 도시의 성벽 안에서 자기 휘하의 직원에게 저질러졌으므로 그 일은 자기 관할이라고 주장하는 장문의 답장을 써보냈다. 이번에도 태수는 자신의 주장을 반복하는 답장을 다시 보냈다. 총사령관은 법적 해석을 담은 한층 더 긴 두 번째 답장을 보냈다. 태수는 더욱 흥분하여 막무가내로 자신의 주장을 늘어놓았고, 총사령관은 더욱 냉정하게 자세한 내용을 담아 답장을 보냈다. 결국 그 늙은 용감한 군인은 그렇게 복잡한 법적 논쟁의 올가미에 걸려든 것에 격분하여 으르렁거렸다.

교묘한 공증인은 그렇게 태수를 곯려주면서 즐거워하는 한편, 좁은 지하 감옥에 갇힌 상등병의 재판을 진행하고 있었다. 그 감방에 달린 쇠창살이 쳐진 작은 창 사이로 그는 친구들에게 굳은 얼굴을 보여주고 위로받을 수 있었다.

지칠 줄 모르는 공증인이 에스파냐의 격식에 따라 수집한 산더미 같은 서면상의 증언에 상등병은 완전히 압도되었다. 그는 살인죄가 확정되었고 교수형이 선고되었다.

태수가 알함브라에서 아무리 항의하고 위협해도 모두 허사였다. 운명의 날은 가까워 왔고 상등병은 처형 전날의 죄수가 언제나 그러하듯 다가오는 자신의 종말에 대해 생각하고 죄를 회개하기 위해 카피야(감옥의 예배당)에 가 있었다.✤

상황이 극단적으로 치닫고 있음을 파악한 늙은 태수는 사건을 몸소 나서서 처리하기로 결심했다. 그는 위풍당당한 마차를 대령시키고 경비병들을 주위에 빙 둘러 배치하고는 알함브라의 골목길을 내달려 시내로 갔다. 곧 공증인의 집에 다다른 태

✤ 'en capilla', 예배당 안에 있다는 말로 에스파냐에서는 사형집행을 기다리고 있다는 관용적 표현이다.

수는 그를 문밖으로 불러냈다.

좋아 죽겠다는 듯 능글거리는 웃음을 짓고 다가오는 공증인을 바라보는 늙은 태수의 눈은 석탄처럼 이글거렸다.

"듣자하니 네가 나의 병사 하나를 죽이려 하고 있다는 데 이게 무슨 일이냐?" 그가 고함을 쳤다.

"모두 법에 따른 일이지요. 모두 정의의 형식을 엄격히 지킨 것입니다." 자신만만한 공증인이 손을 비비며 키득거렸다. "나리께 이 사건의 모든 증거서류들을 보여드릴 수도 있습니다."

"이리 가져오라." 태수가 말했다. 공증인은 자신의 교묘한 재주를 과시하며 고집스러운 퇴역군인을 또 한 번 곯려줄 수 있다는 사실에 기뻐하며 사무실로 들어갔다.

그는 서류가 가득 든 가방을 들고 돌아와 긴 조서를 전문가다운 유창한 말투로 읽어 내리기 시작했다. 이즈음에는 한 무리의 사람들이 모여들어 목을 죽 빼고 입을 멍하니 벌리고 듣고 있었다.

"부탁이니 저 귀찮은 군중을 피해 내 마차 안으로 들어오게나. 그러면 내 자네 말을 더 잘 들을 수 있을 테니." 태수가 말했다.

공증인이 마차 안으로 들어가자 눈 깜짝할 사이에 문이 잠기고 마부가 채찍을 휘둘렀다. 노새들과 마차, 경비병들은 놀라서 입을 다물지 못하는 군중을 남겨두고 모두 번개같이 내달렸다. 뿐만 아니라 마차는 태수가 붙잡아온 포로를 알함브라에서 가장 견고한 감옥에 내던질 때까지 한 번도 멈추지 않았다.

그런 다음 그는 군대식으로 휴전의 깃발을 내려 보내 포로들을, 즉 상등병과 공증인을 교환하자고 제안했다. 총사령관은 자존심이 상했다. 그는 경멸에 찬 거절의 답장을 보내고는 곧장 플라사 누에바에 상등병을 처형하기 위한 높고 튼튼한 교수대를 세우게 했다.

"오호, 해보겠다는 거냐?" 만코 태수가 말했다. 그는 즉시 그 광장이 내려다보이는 가장 큰 망루 끝에 교수대를 세우도록 명령했다. 그리고 총사령관에게 이런 전언을 보냈다. "이제 당신이 원할 때 나의 병사의 목을 매다시오. 그러나 그가 그 광장에서 매달리는 바로 그 순간, 하늘에는 당신의 공증인이 대롱대롱 매달려 있을 게요."

총사령관은 융통성이 없었다. 북소리가 나고 종소리가 울리는 가운데 군대가 광장으로 행진해갔다. 수많은 어중이떠중

이들이 처형을 보려고 몰려들었다. 한편 태수는 자신의 수비대를 그 망루로 행진시키고, 토레 데 라 캄파나(종의 탑)에서 공증인의 장송가를 울리게 했다.

공증인의 아내는 토끼 같은 자식들을 모조리 꽁무니에 매달고 군중을 뚫고 앞으로 나아가 총사령관의 발치에 몸을 던지고는 총사령관이 부디 자존심 때문에 남편의 목숨과 자기 자신, 또 줄줄이 딸린 새끼들의 행복을 뺏지 말아달라고 호소했다. "나리께서 그 병사의 목을 매다시면, 그 늙은 태수도 가만있지 않으리란 걸 나리도 잘 아시지 않습니까."

총사령관은 그녀의 눈물과 호소와 어린 자식들의 아우성에 설득당하고 말았다. 그는 상등병을 호위대에 딸려 알함브라로 돌려보냈다. 수도사의 두건 같은 처형복을 입고 있던 그는 여전히 고개를 빳빳이 들고 엄격한 표정을 짓고 있었다. 포로교환제안에 따라 공증인도 돌려보내야 했다. 한때 부산스럽고 자기 잘난 맛에 살던 공증인은 산송장이나 다름없는 몰골로 지하 감옥에서 끌려나왔다. 경거망동과 잘난 척은 찾아볼수 없었다. 전해 오는 이야기에 따르면 그의 머리카락은 공포 때문에 잿빛으로 변했고, 그는 아직도 목에 밧줄이 감긴 양 눈을 내리깔고 끝까지 버티겠다는 다부진 표정을 짓고 있었다고 한다.

늙은 태수는 하나뿐인 손을 허리에 얹고 버티고 서서 냉혹한 미소를 짓고 그를 훑어보았다. "친구, 이제부터는 다른 사람들을 서둘러 교수대로 보내고 싶은 열성은 조금 자제하게. 법을 옆구리에 끼고 있다고 해서 자네 자신의 안전에 대해서도 너무 확신하지 말고. 무엇보다 다음에 또 늙은 군인을 상대로 먹물 놀음을 하거들랑 특히 조심하게나."

외팔이 태수와
아라비아 준마를 타고 온 병사

만코 태수, 즉 외팔이 태수는 알함브라에 보유한 수비대 병력을 과시하면서도, 그의 요새가 부랑자들과 콘트라반디스타들의 온상이 되고 있다는 계속되는 비난에 심기가 몹시 불편했다. 늙은 태수는 별안간 개혁을 결심하더니 과감히 실행에 옮겨, 알함브라 성채와 주변 언덕들에 벌집처럼 들어앉은 집시들의 동굴에서 부랑자들 무리를 모조리 쫓아냈다. 또한 거리와 골목에도 순찰병을 파견하여 수상한 사람은 모조리 잡아들이도록 했다.

어느 맑은 여름날 아침, 공중인 사건으로 유명해졌던 그 늙고 까다로운 상등병과 나팔수, 병사 둘로 구성된 순찰대가 태양의 산에서 내려오는 길옆에서 헤네랄리페 정원 담 아래 앉아 있는데, 말발굽 소리와 지방의 군가를 그럭저럭 부르는 거친 남자의 목소리가 들렸다.

곧이어 그들의 눈앞에 단단한 체구의 햇볕에 그을은 한 사람이 너덜너덜한 보병 군복을 입고 무어 식으로 화려하게 장식한 아라비아의 힘센 말 한 마리를 끌고 나타났다.

상등병은 인적 없는 산에서 낯선 병사가 말을 손으로 끌고 내려오는 것을 보고 깜짝 놀라 그를 막아섰다.

"거기 가는 게 누구냐?"

"친구요."

"너는 누구며 뭐하는 자냐?"

"찌그러진 모자와 텅 빈 지갑밖에 보수로 받지 못하고 전쟁터에서 막 돌아온 가난한 병사라오."

이 무렵에 그들은 그 병사를 좀더 가까이서 볼 수 있게 되었다. 이마에 앉은 검은 딱지는 회색 수염과 어우러져 저돌적인 인상을 풍겼고, 이따금 얼굴 전체에 약간 찡그린 눈빛이 더해지면서 장난스러운 익살기가 드러났다.

병사는 순찰대의 질문에 답하고 나자 이번에는 당연히 자신이 질문할 차례라고 여기는 것 같았다. "그런데 지금 이 언덕 아래에 보이는 저 도시가 어디인지 물어도 되겠소?"

"무슨 도시냐니!" 나팔수가 소리쳤다. "허허, 그건 너무 심한 걸. 태양의 산에서 어슬렁거리고 있는 작자가 위대한 도시 그라나다의 이름을 묻다니!"

"그라나다라! 마드레 데 디오스!(하나님 맙소사!) 그게 사실인가요?"

"아닐지도 모르지!" 나팔수가 받아쳤다. "그럼 당신은 저 너머에 있는 것이 알함브라의 탑이라는 것도 모르고 있겠구면?"

"나팔의 아들이여," 낯선 자가 대답했다. "나를 가지고 장난치지 마시오. 저것이 정말 알함브라라면 나는 태수님께 아주 기이한 일을 말씀드려야 하오."

"너는 분명 그래야만 할 것이다." 상등병이 말했다. "우리가 너를 그분 앞에 끌고 갈 작정이니 말이다." 그러자 나팔수는 말 고삐를, 두 병사는 그 낯선 병사의 양팔을 하나씩 잡았다. 그들은 "앞으로 행진!" 하고 구호를 외치며 앞장선 상등병을 따라 알함브라로 행진해 갔다.

누더기 차림의 보병과 훌륭한 아라비아 준마가 순찰대에게 붙잡혀 끌려오는 모습은 성채에서 빈둥거리는 모든 부랑자들과, 이른 아침이면 늘 우물과 분수 주변에 모여 있는 수다쟁이들의 주의를 끌었다. 수조 바퀴는 회전을 멈추고 초라한 하녀들은 물병을 손에 들고 입을 다물지 못하고 포로와 함께 지나가는 상등병 일행을 쳐다보았다. 호송대의 후미에는 차츰 어중이떠중이들이 꼬리를 물고 따라붙었다.

사람들 사이에서 알 만하다는 고갯짓과 눈짓, 추측들이 오고갔다. "탈영병이로구만." 한 사람이 말했다. "밀매꾼이야." 다른 사람이 말했다. "도둑인 게야." 또 다른 사람이 말했다. 그러다가 상등병과 그의 순찰대가 무용을 발휘하여 흉악한 도적 떼의 우두머리를 잡았다는 쪽으로 의견이 모아졌다. 쭈그렁 노파들은 이렇게 말했다. "자, 자, 우두머리든 아니든, 그럴 능력이 있다면 늙은 만코 태수의 손아귀에서 벗어나보라지. 비록 태수가 외팔이지만 말이야."

만코 태수는 알함브라의 실내 홀에서 그의 고해신부이며, 근처 수도원에 거하는 뚱뚱한 프란체스코 수도사와 함께 초콜릿을 마시고 있었다. 살림을 맡아하는 하녀의 딸인 새침하고 눈동자가 검은 말라가 출신의 소녀가 그의 시중을 들고 있었다. 세상 사람들은 얌전한 척하지만 교활하고 풍만한 말괄량이인 그 소녀가 늙은 태수의 쇳덩이 같은 심장 한 곳을 차지했으며, 그를 제멋대로 조종하고 있다고 넌지시 암시했다. 그러나 그 이야기는 그냥 넘어가자. 막강한 실권을 지닌 이 세속적 유력자의 개인사는 그렇게 상세히 알 필요가 없다.

태수는 성채 주변에서 어슬렁대던 수상하고 낯선 자가 상등병에게 붙잡혀 와 바로 지금 정원 바깥에서 자신의 알현을 기다리고 있다는 이야기를 듣자, 자부심과 위엄으로 가슴이 벅차올랐다. 초콜릿 잔을 새침한 소녀에게 넘겨준 그는 바구니 모양의 손잡이가 달린 검을 가져오라 하여 옆구리에 차고, 콧수염을 말아 올리고는 높은 등이 달린 커다란 의자에 앉아 일부러 신랄하고 험상궂은 표정을 짓고는 포로를 대령시키라고 명령했다. 아직도 사병들에게 두 팔을 단단히 붙잡힌 그 병사는 상등병을 따라 안으로 끌려 들어왔다. 그러나 그는 견고하고 자신감 넘치는 태도를 잃지 않았고, 전혀 긴장하지 않은 채 약간 찡그린 눈으로 태수를 훑어보았다. 물론 그런 태도는 격식을 따지는 늙은 태수에게 만족스러울 리 없었다.

"죄인아. 네가 직접 해야 한다는 말이 무엇이냐? 너는 누구냐?" 잠시 침묵을 지키며 그를 바라보던 태수가 입을 열었다. 전쟁터에서 갓 돌아온 남은 건 흉터와 멍뿐인 병사입니다."

"병사라. 흠! 옷을 보니 보병이로군. 네가 훌륭한 아라비아의 말을 갖고 있다는 걸 알고 있다. 너는 전쟁에서 흉터와 멍 뿐 아니라 그 말도 데려왔겠지."

"그렇게 해도 나리께서 괜찮으시다면 제가 그 말에 관해 기이한 이야기를 들려드리겠습니다. 사실 제가 드릴 말씀은 가장 놀라운 이야기 가운데 하나일 겁니다. 또한 이 성채의, 아니 그라나다 전체의 안전과 관련된 것이기도 합니다. 그러나 그 이야기는 나리 한 분께만, 또는 나리가 신뢰하시는 분들에게만 들려드릴 수 있습니다."

태수는 잠시 생각해보더니 상등병과 그 졸개들에게 물러가되 언제든 부를 수 있도록 문 밖에 대기하고 있으라고 지시했다. "이 성스러운 탁발수도사는 나의 고해신부이니 그가 있는 곳에서는 무엇이든 말해도 되며 이 소녀 역시 마찬가지다." 대단한 호기심을 나타내며 옆에서 어슬렁거리던 하녀를 태수가 고갯짓으로 가리켰다. "이 아이는 대단히 비밀을 잘 지키고 분별 있는 아이이니 무엇이든 믿고 말해도 되느니라."

병사는 실눈과 곁눈질의 중간쯤 되는 눈빛으로 새침한 하녀를 바라보았다. "그럼 저 소녀는 남아 있어도 좋습니다."

나머지 사람들이 다 나가자 병사는 이야기를 시작했다. 그는 언변이 좋았고 명백히 짐작할 수 있는 그의 신분에 비해 말

솜씨도 뛰어났다.

"저는 아까 말씀드렸듯이 군인이며 고된 복무기간을 보내고 어느덧 징집기간이 만료되어 바야돌리드에서 제대를 하였지요. 하여 안달루시아에 있는 제 고향 마을로 길을 나섰습니다. 어제 저녁 제가 구 카스티야의 건조한 대평원을 지나가고 있을 때 해가 지더군요."

"멈춰라," 태수가 소리쳤다. "무슨 소리를 하는 거냐? 구 카스티야는 여기서 족히 이삼백 마일은 떨어진 곳이다."

"그렇기는 하지만," 병사가 침착하게 대답했다. "제가 나리께 기이한 이야기를 들려드리겠다고 말씀렸듯이 그것은 기이할 뿐 아니라 모두 진실된 이야기입니다. 나리께서 참고 제 이야기를 들어주신다면 나리도 그렇게 생각하게 되실 것입니다."

"계속해라, 죄인." 태수는 콧수염을 꼬아 올리며 말했다.

"해가 지자 저는 밤을 보낼 만한 숙소를 찾으려고 주위를 둘러보았지만 아무리 찾아보아도 집 한 채 보이지 않더군요. 그래서 저는 평원의 맨바닥을 침대 삼고 배낭을 베개 삼아 잠자리를 만들어야겠다고 생각했습니다. 나리도 나이 든 군인이시니 전쟁에 나가본 사람에게 그런 잠자리는 그다지 큰 어려움이 아님을 아실 겁니다."

태수는 바구니처럼 생긴 칼 손잡이에서 손수건을 꺼내 코앞에서 귀찮게 구는 파리를 쫓으면서 고개를 끄덕여 수긍했다.

"자, 긴 이야기를 줄여서 짧게 하자면," 병사가 말을 이었다. "저는 몇 마일을 더 터벅터벅 걸어갔고 이윽고 깊은 계곡 위에 걸쳐 있는 다리에 도착했는데, 그 아래에는 여름 더위에 거의 말라버린 가느다란 물줄기가 흐르고 있었습니다. 다리의 한쪽 끝에는 무어 식 탑이 서 있었는데 꼭대기 부분은 폐허가 되어 있었지만 기저부의 지하실은 멀쩡하더군요. 거기라면 쉬어가기 괜찮으리라 생각했지요. 그래서 그 물가로 내려가서, 물이 아주 깨끗하고 단데다 갈증이 심했기 때문에 물을 양껏 마셨습니다. 그러고는 주머니를 열고 제 식량의 전부인 양파 하나와 딱딱한 빵조각을 꺼내어 물가 가장자리에 있는 돌 위에 앉아서 저녁식사를 시작했습니다. 그런 다음 그 탑의 지하실에서 밤을 보낼 작정이었는데, 늙은 군인이신 나리께서도 그렇게 생각하시겠지만, 그런 곳이라면 전쟁터에서 막 돌아온 군인에게는 최고의 숙소가 되고도 남을 만하지요."

"내가 젊었을 때는 그보다 더 힘든 것도 기꺼이 견뎌냈었다." 태수가 손수건을 다시 칼 손잡이에 끼워 넣으며 말했다.

"제가 말없이 빵을 씹고 있는데," 병사가 말을 이었다. "지하실 안에서 무언가 움직이는 소리가 들리더군요. 귀를 기울여보니 말 발소리였습니다. 이윽고 물가에서 가까운 탑의 기저부에 있는 문에서 한 남자가 힘센 말을 고삐로 잡아끌고 나오더군요. 별빛만으로는 그의 모습을 잘 알아볼 수가 없었습니다. 그렇게 아무도 없고 황량한 곳에 있는 폐허가 된 탑에서 어슬렁대는 그 사람이 저는 수상했지요. 어쩌면 나처럼 그냥 나그네일지도 모르지만 밀매꾼이나 도둑일지도 모르니까요. 그렇다고 어쩌겠습니까? 저에겐 더 이상 잃을 게 없다는 걸 하늘과 제 가난에게 감사하고, 그냥 가만히 앉아서 빵을 우물거리고 있었지요.

그가 내가 앉아 있는 자리 가까이 말을 물가로 끌고 와, 저는 그를 꼼꼼히 살펴볼 수 있었지요. 별빛 아래 선 그는 놀랍게도 무어 식 차림을 하고 있었고 강철 흉갑을 입고 머리에 꼭 맞는 윤이 나는 투구를 쓰고 있었지요. 그의 말도 무어 식 마구를 갖추고 있었고 삽처럼 생긴 커다란 등자가 달려 있었습니다. 조금 전에 말씀드렸듯이 그가 말을 물가로 끌고 가자 말은 머리를 거의 눈까지 닿도록 물속에 처박고는, 배가 터지겠다 싶을 정도로 물을 마시더군요.

'이보시오' 하고 제가 말을 붙였습니다. '당신 말은 물을 아주 많이 마시는군요. 말이 주둥이를 용감하게 물속에 담그는 것은 좋은 징조지요.' 그러자 그가 무어 식 억양으로 말했습니다. '이 녀석이 물을 많이 마시는 것도 당연합니다. 물을 일 년이나 못 마셨으니까요.' '맙소사! 그 정도면 내가 아프리카에서 보았던 낙타들도 못 버텼을 겁니다. 그러고 보니 당신도 군인처럼 보이는군요. 여기 앉아서 군인의 식사에 함께하지 않겠소?' 사실 그렇게 쓸쓸한 곳에 있자니 동행이 그리웠던 터라 저는 이교도라도 기꺼이 참아줄 마음이 되었답니다. 게다가 나리도 아시다시피 군인은 동료의 신앙에 대해 까다롭게 굴지 않으며 모든 나라의 군인들은 전쟁터가 아닌 곳에서는 다 동지들이 아닙니까."

태수가 또다시 고개를 끄덕였다.

"예. 그래서 말씀드린 대로 별 건 아니지만 제 음식을 나눠 먹자고 초대를 했답니다. 보통의 예절만 있는 사람이라면 그렇게 하지 않을 수가 없지요. '고기든 마실 것이든 먹고 있을 시간이 없습니다. 아침이 되기 전에 먼 거리를 여행해야 하거든요.' 그가 그렇게 말하더군요. '어느 방향으로 가십니까?' 하고 제가 물었지요. '안달루시아로 갑니다.' '제 여정과 똑같군요. 그럼, 당신이 나와 함께 음식을 먹을 수 없다고 하니, 혹시 나를 그 말에 태우고 함께 가주실 수 있겠습니까? 보아하니 당신 말은 골격이 무척 튼튼해서 둘도 거뜬히 실어 나를 수 있을 겁니다.' '좋소' 하고 그 병사가 말하더군요. 거절은 공손하지도 않고 군인답지도 않은 일이지요. 특히 제가 식사를 나눠주겠다고 제안했던 마당이니까요. 그래서 그가 먼저 말에 오르고 나도 말에 올라 그의 뒤에 앉았답니다. '꽉 잡으시오. 내 말은 바람처럼 달려간답니다.' '내 걱정은 마십시오.' 그리고 우리는 출발했습니다. 말은 건다가 빠른 걸음으로, 빠른 걸음에서 빠른 달리기로, 빠른 달리기에서 무모할 정도의 질주로 넘어갔습니다. 바위와 나무와 집과 모든 것이 허둥지둥 우리 뒤로 날아가는 듯했어요. '이 마을은 어딥니까?' 내가 물었지요. '세고비아요.' 그리고 그의 입에서 그 말이 떨어지기가 무섭게 세고비아의 탑들이 눈앞에서 사라졌습니다. 우리는 과다라마 산으로 쏜살 같이 올라갔다가 에스쿠리알 옆으로 내려왔고, 마드리드의 성벽을 스쳐 라만차의 평원을 훑고 지나갔습니다. 이렇게 하여 우리는 언덕을 오르고 골짜기를 내려가고 깊은 잠에 빠져 있는 탑들과 도시들을 지나가고 별빛을 받아 희미한 빛을 발하는 산들과 평원과 강들을 가로질렀습니다.

긴 이야기를 짧게 줄여 나리를 피곤하게 하지 말아야겠습니다. 그러다가 그 병사가 갑자기 한 산등성이에서 말을 세우더군요. '여기가 우리 여행의 종착지입니다.' 나는 주위를 둘러보았지만 사람이 살 만한 곳은 보이지도 않고 동굴의 입구 하나뿐이더군요. 제가 지켜보고 있자니 무어 식 옷을 입은 수많은 사람들이 더러는 말을 타고 더러는 걸어서, 마치 사방에서 바람에 실려 오는듯 몰려들더니 벌이 벌집으로 들어가듯 그 동굴 속으로 들어갔습니다. 내가 묻기도 전에 그 병사는 긴 무어 식 박차로 말의 옆구리를 치더니 그 무리 속으로 달려갔답니다. 우리는 그 산의 중심으로 이어지는 가파르고 구불구불한 길을 따라 내려갔지요. 우리가 달려가는 동안 마치 하루의 첫 빛처럼 어떤 불빛이 조금씩 밝아지기 시작했는데, 무엇이 그런 불빛을 내는지는 알아볼 수가 없더군요. 그 빛은 점점 더 밝아져 마침내 저도 주위의 모든 것을 알아볼 수 있게 되었습니다. 그때서야 보니 우리가 지나가는 양옆으로 뚫린 거대한 동굴들이 마치 무기고의 구멍들 같았습니다. 어떤 동굴들에는 방패와 투구, 흉갑과 창과 언월도가 벽에 걸려 있었고, 또 다른 동굴들에는 전쟁군수품과 야영장비들이 바닥에 잔뜩 쌓여 있었지요.

나리도 늙은 군인이시니 그렇게 대단한 전쟁 장비들을 보셨다면 흡족하셨을 겁니다. 그리고 또 다른 동굴들에는 창을 올려 들고 깃발을 세워 출전 준비를 철저히 갖춘 기수들이 긴 대열을 이루어 늘어서 있었는데, 모두 동상처럼 안장에 앉아 꼼짝도 하지 않았습니다. 다른 구멍에는 말 옆 바닥에 누워 잠자는 전사들과 금방이라도 대열을 맞출 준비를 하고 있는 보병 무리들이 있었습니다. 모두 옛날 무어 식 복장과 무장을 갖추고 있었지요.

자, 나리, 긴 이야기를 짧게 하겠습니다. 이윽고 우리는 아름답게 장식된 돌로 만든 성이라고 해야 할 것 같은 아주 거대한 동굴 안으로 들어갔는데, 금과 은으로 줄무늬가 새겨진 그 벽은 다이아몬드와 사파이어와 온갖 보석이 박혀 반짝거리고 있었습니다. 상단 끝부분에 한 무어 왕이 황금 왕좌에 앉아 있었고 양쪽에는 귀족들과 언월도를 빼들고 서 있는 아프리카의 흑인 호위병들이 늘어서 있더군요. 수천 명에 달하는 바깥의 무리들은 계속해서 안으로 몰려 들어와 차례로 그 왕좌 앞으로 지나가며 왕께 경의를 표했습니다. 일부는 얼룩이나 때 하나 없는 화려한 의상을 입고 반짝이는 보석들을 걸치고 있었고, 일부는 광약을 칠한 듯 윤이 나는 갑옷을 입고 있는 반면, 곰팡이가 핀 옷이나 찌그러지고 구멍 나고 녹이 슨 갑옷을 입고 있는 이들도 있었지요.

나리도 잘 아시겠지만 군인은 임무수행 중에 질문을 많이 해서는 안 되는 법이기에 저는 그때까지 입을 다물고 있었지요. 하지만 더는 침묵을 지킬 수가 없었습니다. '그런데, 길동무여. 이게 도대체 다 어찌 된 일입니까?' '이것은 위대하고도 무시무시한 수수께끼요' 하고 그 병사가 말했습니다. '기독교인이여, 당신이 지금 눈앞에 보고 있는 것은 그라나다의 마지막 왕 보압딜의 궁정과 군대라오.' '당신 지금 무슨 말을 하는 거요?' 제가 소리 쳤지요. '보압딜과 그의 신하들은 수백 년 전 이 나라에서 쫓겨나 모두 아프리카에서 죽지 않았습니까?' '당신들의 거짓말투성이 연대기에는 그렇게 기록되어 있을 거요. 그러나 보압딜과 그라나다를 위해 마지막까지 싸웠던 전사들 모두 아주 막강한 마법에 걸려 산속에 갇혀 있습니다. 왕과 군대가 항복했을 때, 행렬을 지어 그라나다를 떠나갔던 것은 허깨비들의 행렬이었을 뿐이오. 기독교도 왕들을 속이기 위해 악령과 마귀들이 그런 환영으로 나타나도 좋다고 우리에게 허락받았지. 말해줄 게 또 있소, 친구. 에스파냐 전체는 막강한 마법에 걸려 있는 나라라는 거요. 산의 동굴과 평야에 있는 쓸쓸한 감시탑, 또 언덕에 있는 폐허가 된 성까지, 그중 여러 시대에 걸쳐 그 지하실에 마법에 걸린 전사들이 잠자고 있지 않는 곳이 하나도 없소. 그 마법은 속죄받은 후에야 풀릴 것이며, 그동안은 알라께서 당분간 그의 신도들이 그들의 왕국을 차지하지 못하게 하고 계신 거요. 그들은 매년 한 번씩, 성 요한 축일 전날 해 진 뒤부터 해 뜨기 전까지 마법에서 풀려나 이곳으로 찾아와서 그들의 왕에게 경의를 표할 수 있는데, 지금 당신이 보고 있는 저 동굴 안으로 들어가는 무리가 바로 에스파냐 전역의 자신들이 머물고 있는 곳에서 찾아온 무슬림 전사들이라오. 나로 말할 것 같으면, 당신이 보았듯이 구 카스티야의 다리 위에 있는 폐허가 된 탑이 내가 수백 년 동안이나 겨울과 여름을 보냈고, 또 날이 밝을 무렵에는 돌아가야 할 곳이오. 저 옆의 동굴들에 모여 있는 기병들과 보병들의 부대는 마법에 걸린 그라나다의 전사들이지. 운명의 책에는 그 마법이 풀리면 보압딜이 군대를 이끌고 산에서 내려가 알함브라에 있는 자신의 왕좌와 그라나다의 통치권을 되찾고 에스파냐 곳곳에 흩어져 있는 마법에 걸린 전사들을 불러모아 다시 이베리아 반도를 정복하고 무슬림의 통치를 회복할 것이라 적혀 있소.' '그렇다면 그 일은 언제 일어나는 겁니까?' 하고 제가 물었지요. '알라만이 아실 거요. 우리는 그 구원의 날이 가까워오기를 소망해왔지만 현재 알함브라는 만코 태수라고 알려진 빈틈없는 태수가 지배하고 있소. 내 생각에 그런 전사가 최전방을 장악하고서 산으로 들어오는 모든 침입을 견제하는 한 보압딜 왕과 그의 군대도 무장한 채 가만히 기다리는 데 만족해야 할 것이오.'"

이 부분에서 태수는 거의 90도로 벌떡 일어서더니 검을 바로 잡고 콧수염을 비비 꼬았다.

"긴 이야기를 줄여서 나리의 피로를 덜어드리겠습니다. 제게 이 이야기를 해준 그 병사는 이윽고 말에서 내렸습니다. '내가 가서 보압딜 왕께 무릎을 굽혀 문안 인사를 드리고 올 동안 여기서 내 말을 지키며 기다려주시오.' 그렇게 말하고 나서 그는 왕좌를 향해 꾸역꾸역 밀고 들어가는 무리들 틈으로 성큼성큼 걸어갔습니다.

'어떻게 해야 할까?' 혼자 남겨지자 그런 생각이 들더군요. '여기서 저 이교도가 돌아와서 이 도깨비 말에 나를 태우고 신만이 어딘지 아실 곳으로 데려가기를 기다릴 것인가, 아니면 이 기회를 이용하여 이 도깨비 무리들에서 달아날 것인가? 나리께서 잘 아시다시피 군인의 결단은 재빠르지요. 게다가 그 말로 말하자면 우리의 숙적 이교도의 것이니 전쟁의 규칙에 따르자면 엄연한 전리품인 셈이고요. 그래서 앉아 있던 껑거리에서 안장으로 옮겨 타고 고삐를 돌려 말의 옆구리를 등자로 차서 그 말이 들어왔던 길로 최대한 빨리 달아나게 했답니다. 우리가 무슬림 기병들이 대열을 지어 꼼짝도 않고 앉아 있는 굴들 옆을 지날 때 무기들이 부딪히는 소리와 웅얼거리는 낮은 목소리가 들리는 듯하더군요. 나는 그 말에게 등자의 맛을 한 번 더 보여주어 속도를 두 배로 높였지요. 그러자 제 뒤에서 광풍이 휘몰아치는 것 같은 소리가 났습니다. 수천 개의 말발굽이 달그닥거리는 소리가 들렸지요. 셀 수도 없이 많은 사람들이 나를 덮쳤습니다. 나는 그 압력에 동굴 밖에 내동댕이쳐졌고, 그동안 수천의 그림자 형상들은 사방팔방으로 순식간에 사라져버렸답니다.

그 소동의 어지러움과 혼란 속에서 저는 바닥에 떨어져 정신을 잃고 말았습니다. 정신을 차렸을 때에는 어떤 언덕 정상에 누워 있었고 그 아라비아의 말은 제 곁에 서 있었는데, 그것은 제가 떨어지면서 제 팔이 그 고삐 속에 미끄러져 녀석이 구 카스티야로 달아나지 못했기 때문인 것 같습니다.

그때 제가 주위를 둘러보고 느낀 놀라움은 나리께서도 쉽게 짐작하실 수 있을 겁니다. 용설란과 인도무화과로 이루어진 산울타리하며 이곳이 남부지방임을 알려주는 그밖의 정경들이, 또 제 아래쪽으로 탑들과 궁전과 큰 성당들이 있는 대도시가 보였으니 말입니다.

저는 말을 끌고 조심스레 그 언덕을 내려왔습니다. 다시 녀석에게 올라탔다가, 녀석이 다시 어떤 속임수를 쓸지 모르니 말입니다. 그렇게 내려오는 길에 나리의 순찰대를 만나, 제 앞에 펼쳐진 곳이 그라나다이며 사실상 제가 알함브라의 성벽 안에, 마법에 걸린 모든 무슬림들을 공포에 떨게 하는 그 무시무시한 만코 태수의 요새 안에 있다는 사실을 알게 된 것이지요. 그 말을 들은 즉시 저는 곧장 나리를 만나 제가 본 모든 것을 말씀드리고 나리를 둘러싸고 몰래 스며드는 위험에 대해 경고해드리겠다고 결심했습니다. 이 나라의 한가운데 똬리 틀고 있는 적의 군대로부터 나리의 요새와 이 나라 전체를 지키기 위한 조치를 미리 취하시도록 말입니다."

"그렇다면 친구, 자네는 참전용사이며 군대의 일을 많이 보아왔으니, 그 재난을 막기 위해 내가 어떻게 하면 좋을지 부디 충고해주게나." 태수가 말했다.

"하찮은 일개 병사가 나리처럼 현명하신 지휘관을 가르치려 드는 것은 있을 수 없는 일이지만," 병사기 겸손하게 말했다. "제가 보기에는 나리께서 산속에 있는 모든 동굴과 입구들을 견고하게 벽돌을 쌓아 막게 하신다면 보압딜과 그 군대는 그들의 지하 거처에서 완전히 갇혀버릴지도 모릅니다. 훌륭한 신부님께서도," 병사는 수도사에게 공손하게 몸을 숙이고 경건하게 십자성호를 그리며 말했다. "축복으로써 그 방책들을 축성해주시고 십자가들과 성상 유적들을 걸어두신다면 이교도의 모든 마법의 힘을 막아낼 수 있으리라 생각합니다."

"분명 그것은 큰 도움이 될 것이오." 수도사도 말했다.

이제 태수는 톨레도 검의 칼자루에 한 손을 받치고 서서 병사를 바라보고는 고개를 이쪽저쪽으로 부드럽게 가로젓기 시작했다.

"그렇다면 친구," 그가 입을 열었다. "자네는 정말로 내가 그 마법 걸린 산과 무어인들의 황당무계한 이야기에 속아 넘어갈 거라고 생각했나? 잘 들어라, 죄인아! 한마디도 더 하지 마라. 네가 늙은 병사일지는 모르나, 네가 상대하는 사람은 더 늙은 병사이며 게다가 네 술책에 쉽게 넘어가지도 않는 사람이다. 여봐라! 거기 경비병들! 이 작자를 철창 속에 가두어라."

새침한 하녀는 포로를 두둔하려 했지만 태수가 눈빛으로 그 말을 막아버렸다.

경비병 중 하나가 병사의 팔을 붙잡으면서 불거져 나온 그의 주머니를 잡아당겨보더니, 속이 가득 찬 긴 가죽주머니를 꺼냈다. 그가 한 귀퉁이를 잡고 태수 앞에 놓인 탁자에 내용물을 쏟았는데, 어떤 산적의 주머니도 그렇게 멋진 노획물을 쏟아낸 적은 한 번도 없었을 것이다. 반지들과 보석들, 진주 묵주와 반짝이는 다이아몬드 십자가들, 그리고 다양한 옛날 금화들이 잔뜩 쏟아져 나와 몇 개는 바닥에 떨어져 방구석까지 굴러가기도 했다.

잠시 법 집행이 중단되고 모두 한결같이 반짝이는 도망자들을 붙잡으려고 법석을 떨었다. 진정한 에스파냐인의 자부심을 중요히 여기는 태수만은 엄숙한 품위를 유지했지만, 그의 눈빛은 마지막 동전과 보물을 다시 주머니에 집어넣을 때까지 일말의 욕심을 감추지 못했다.

수도사는 그렇게 침착하지 못했다. 그의 얼굴은 용광로처럼 이글거렸고 그의 눈은 진주 묵주와 다이아몬드 십자가를 보고 번득였다.

"성물을 훔친 무엄한 놈이로고!" 수도사가 소리쳤다. "어느 교회와 성당에서 이 성스러운 유물들을 약탈하였느냐!"

"교회도 성당도 아닙니다. 성스러운 신부님. 그 물건들이 성물들을 약탈한 것이라면, 그것은 오랜 옛날 제가 이야기했던 이교도의 군대가 약탈한 것일 겝니다. 제가 막 그 이야기를 하려했을 때 태수님께서 제 말을 막으셨지요. 제가 그 병사의 말을 손에 넣었을 때 저는 안장의 앞 테에 달려 있는 가죽주머니를 풀었고, 거기에는 무어인들이 이 나라를 지배하던 옛날, 전쟁에서 챙긴 전리품이 들어 있을 거라고 생각했습니다."

"참으로 똑똑하구나. 지금 너는 베르밀리온 탑의 한 방에 네 숙소를 정할 결심을 해야 할 것이다. 비록 마법의 주문에는 걸리지 않았지만 마법에 걸린 무어인의 동굴보다 훨씬 더 확실히 너를 붙잡아둘 수 있지."

"나리께서 합당하다고 여기시는 바대로 하소서." 포로가 침착하게 말했다. "저는 나리께서 성채 안의 어느 거처를 주시든 감사할 것입니다. 전쟁에서 싸웠던 군인은 나리께서 잘 아시다시피 숙소에 관해 까다롭게 굴지 않는 법입니다. 넉넉히 누울 자리와 규칙적으로 배급되는 식량만 있다면 저는 얼마든지 편안히 지낼 수 있습니다. 제가 유일하게 간청하는 것은,

나리께서 저에게 그렇게 신경을 쓰시는 동안에도 이 성채를 꼼꼼히 감시하시라는 것이며, 산에 있는 모든 입구들을 봉쇄하라는 저의 충고에 대해서도 잘 생각해보시라는 것뿐입니다."

그 장면은 이렇게 마무리되었다. 포로는 베르밀리온 탑의 가장 견고한 지하 감옥으로 끌려갔고 아라비아 말은 태수의 마구간으로, 그리고 무어 기사의 주머니는 태수의 금고 안으로 들어갔다. 수도사는 사실 그 주머니에 대해, 교회에서 훔친 것이 분명해 보이니 그 성스러운 유물은 교회가 보관해야하지 않느냐고 이의를 제기하기는 했다. 하지만 태수가 그에 대한 반박의 여지를 두지 않았고 또 그가 알함브라에서는 절대적 지배권을 휘두르고 있었기 때문에 수도사는 신중하게 그 논의를 접고, 대신 그라나다 교회의 고위 성직자들에게 그 사실을 알리기로 결심했다.

늙은 만코 태수가 이렇게 신속하고 엄격한 조치를 취한 것에 대해서 설명하려면, 이 무렵 그라나다 인근의 알푸하라 산지가 마누엘 보라스코라는 대범한 두목이 이끄는 산적 떼에게 지독히 시달리고 있었다는 점을 염두에 두어야 한다. 그 두목은 시골을 돌아다니며 약탈할 뿐 아니라, 다양한 모습으로 변장을 하고 도시 안으로 들어가 상품을 운반하는 호송단이나 두둑한 지갑을 갖고 다니는 여행자들의 출발에 관해 수집한 정보에 따라, 그들이 멀고 외딴 곳까지 갔을 때 신중하게 급습했다. 이렇게 대담 무도한 짓이 반복적으로 자행되자 보라스코 일당은 정부의 주목을 끌기에 이르렀고 각 초소의 지휘관들은 각별히 경비를 철저히 하고 수상한 부랑자들은 모조리 잡아들이라는 지시를 받았다. 그의 성채에 붙은 다양한 오명들 때문에 특히 더 열성적이었던 만코 태수는 이제 자신이 그 도적떼의 무시무시한 무법자를 체포했다는 데 한 치도 의심하지 않았다.

한편 그 이야기는 바람을 타고 흘러흘러 그 성채뿐 아니라 그라나다 도시 전체에서 최고의 화제가 되었다. 사람들은 알푸하라를 덜덜 떨게 하던 그 유명한 도적 마누엘 보라스코가 늙은 만코 태수의 손아귀에 붙잡혀 베르밀리온 탑의 지하 감옥에 갇혀 있다고 말했고, 그에게 도둑질을 당했던 사람들은 모두 그 습격자의 면상을 확인하러 몰려갔다.

베르밀리온 탑은 잘 알려져 있듯이 주 도로를 나란히 따라 내려가는 협곡에 의해 알함브라의 주 성채와 분리되는 바로 옆 언덕에 서 있다. 거기에는 외벽은 없지만 탑 앞에서 파수병이 순찰을 돈다. 그 병사가 갇혀 있는 방의 창문에는 견고한 창살이 달려 있고 그 사이로 작은 산책로가 내려다보인다. 그 산책로에는 그라나다의 시민들이 마치 그가 동물원에 있는 점박이 하이에나라도 되는 듯 그를 보려고 모여들었다. 그러나 아무도 그를 마누엘 보라스코로 생각하는 사람은 없었다. 왜냐하면 서글서글하게 찡긋 웃는 포로의 얼굴은 흉포하기로 유명한 무시무시한 도둑의 얼굴과는 전혀 달랐기 때문이다.

도시뿐 아니라 전국 곳곳에서 방문객들이 몰려왔지만 아무도 그를 아는 사람이 없었다. 그러자 보통 사람들의 마음속에는 그의 이야기가 어쩌면 사실일지도 모른다는 의혹이 생겨나기 시작했다. 보압딜과 그의 군대가 산속 어딘가에 갇혀 있다는 것은, 나이 많은 주민들이 그들의 아버지들에게 들었던 옛날이야기에도 나오는 내용이었다. 많은 사람들이 그 병사가 말한 동굴을 찾아 태양의 산으로, 혹은 산타 엘레나로 올라가서 아무도 그 깊이를 알지 못하는 아주 깊고 어두운 구덩이를 발견하고 들여다보았는데, 보압딜의 지하 거주지의 입구로 알려진 그곳은 오늘날까지 남아 있다.

그 병사는 점점 사람들 사이에서 인기를 얻었다. 에스파냐에서는 다른 나라들처럼 산적이 결코 악명 높은 존재가 아니며, 되려 하층민들의 눈에는 기사도적인 인물이다. 또한 하층민들은 항상 지배권을 갖고 있는 이들의 처사에 대해 트집을 잡는 경향이 있었다. 많은 사람들이 늙은 만코 태수의 독단적인 조치에 대해 불만을 중얼거렸고, 그 포로를 일종의 순교자처럼 여기기 시작했다.

게다가 그 병사는 유쾌하고 익살맞은 사람이어서 자기 창가에 가까이 오는 모든 사람에게 농담을 던졌고 모든 여성에게는 부드럽게 말을 건넸다. 또 낡은 기타 한 대를 구해서 창가에 앉아 발라드와 사랑노래를 불러 이웃의 여인들을 기쁘게 해주었고, 여인들은 저녁이면 그 산책로에 모여 그의 연주에 맞춰 볼레로를 추었다. 아름다운 여인들의 눈에는 거칠게 자란 수염을 면도하자 드러난 햇볕에 탄 그의 얼굴이 매력적으로 보였고, 태수의 새침한 하녀는 살짝 찡그린 그의 미소에 저항할 수 없는 완벽한 매력이 있다고 단언했다. 처음부터 그의 운명에 깊은 동정을 느낀 이 마음씨 따뜻한 소녀는 태수의 마음을 달래보려했다가 실패한 뒤 자기가 몸소 그의 고단함을 덜어주려고 애쓰고 있었다. 그녀는 매일 태수의 식탁에서 떨어지거나 그의 식품저장실에서 빼내온 부드러운 빵을 죄수에게 갖다주었고, 때때로 위안 삼아 발데페냐스 산이나 향이 깊은 말라가 산 와인을 따라주었다.

늙은 태수의 성채 바로 한가운데서 이런 사소한 배신이 일어나고 있었다면, 외부의 적들 사이에서는 노골적인 전쟁의 폭풍이 끓어오르고 있었다. 도둑으로 추정되는 인물의 수중에서 발견된 황금과 보석이 담긴 주머니를 둘러싼 상황은 잔뜩 과장되어 그라나다에 퍼졌다. 태수의 숙적 총사령관이 즉시 법적 관할권에 관한 의문을 제기하였다. 그는 그 죄수가 붙잡힌 곳이 알함브라의 관할구역 밖이며 자기의 지배력이 미치는 범위 안이라고 주장했다. 따라서 그는 죄수의 신병과 그의 전리품도 함께 넘길 것을 요구했다. 수도사 역시 그 주머니에 들어 있던 십자가와 묵주와 다른 성물들에 관해 종교재판장에게 신고하고, 그 병사는 신성모독죄를 범한 죄인이므로 그의 약탈품은 마땅히 교회에 헌납하고 그를 다음 화형식 때 처형해야 한다고 주장했다. 분쟁은 치열해졌고 태수는 격분하여 자기 포로를 넘겨주느니 차라리 자기 요새 주변에서 붙잡힌 첩자라고 하여 알함브라의 성벽 안에서 교수형을 시키겠다고 큰소리를 쳤다.

총사령관은 그 죄수의 신병을 베르밀리온 탑에서 그라나다 시로 데려올 군사를 보내겠다고 위협했다. 종교재판장도 똑같이 종교재판소의 포리들을 파견하겠다고 혈안이 되어 있었다. 이러한 음모가 밤늦게 태수에게 전달되었다. "올 테면 오라고 해라. 그전에 그들은 나를 먼저 만나게 될 것이다. 늙은 군인을 이기려는 자는 아침 일찍 일어나야만 하지." 그에 따라 그는 날이 밝는 즉시 그 죄수를 알함브라의 아성으로 옮기라고 명령했다. "그리고 애야," 태수는 새침한 하녀에게 말했다. "너는 수탉이 울기 전에 내 방문을 두드려 나를 깨워라. 내가 직접 그 일을 지켜보도록."

날이 밝고 수탉이 울었지만 아무도 태수의 방문을 두드리지 않았다. 산꼭대기 위로 태양이 높이 떠올라 그의 방 창문을 통해 환한 빛을 비춘 뒤야, 참전용사 상등병이 그 철벽같던 얼굴에 공포에 질려 그를 아침의 꿈에서 깨웠다.

"그자가 떴습니다! 그가 사라졌어요!"

상등병이 숨을 헐떡이며 말했다.

"누가 떴어? 누가 사라졌단 말이냐?"

"그 병사인지 도둑인지 악마인지, 아무튼 그 놈 말입니다. 그의 지하 감옥은 텅 빈 채로 문이 잠겨 있었습니다. 그가 어떻게 탈출했는지는 아무도 모릅니다."

"그를 마지막으로 본 게 누구냐?"

"태수님의 하녀입니다. 그 아이가 그 자에게 저녁을 가져다 주었습니다."

"그 아이를 당장 불러오너라."

이제 새로운 소동이 벌어졌다. 새침한 소녀의 방 역시 비어 있었고, 침대에는 잠을 잔 흔적도 없었다. 지난 며칠 동안 그와 자주 대화를 나누었던 그녀가 그 죄수와 함께 달아난 것이 분명했다.

이 일은 늙은 태수의 가슴속에 상처를 입혔지만, 그는 그런 것 때문에 주춤하고 있을 시간이 없었다. 새로운 불상사가 그의 눈앞에 펼쳐졌기 때문이다. 사실私室에 들어가본 그는 금고가 열려 있고 그 안에 있던 병사의 가죽주머니와 금화가 가득 담긴 주머니 두 개가 함께 사라져버린 것을 발견했다.

그러나 그 도망자들은 어떻게, 그리고 어디로 달아난 것일까? 시에라네바다로 올라가는 길가 오두막에 살고 있던 늙은 농부는 동이 트기 전에 힘센 말이 산속으로 달려가는 소리를 들었다고 말했다. 창을 내다보았지만 기수와 그의 뒤에 탄 한 여자만을 간신히 알아보았을 뿐이었다.

"마구간을 뒤져라!" 만코 태수가 고함을 쳤다. 마구간을 다 뒤졌다. 말들은 모두 제 자리에 있었다. 그 아라비아 말만 빼고 말이다. 그 말이 있던 자리에는 굵직한 몽둥이가 구유에 묶여 있었고 거기에는 '늙은 병사가 만코 태수에게 주는 선물'이라고 쓴 꼬리표가 달려 있었다.

신중한 두 동상의 전설

옛날에 알함브라의 한 버려진 방에 로페 산체스라는 작고 유쾌한 사내가 살고 있었다. 그는 정원사로 베짱이처럼 하루 종일 노래를 부르는 활달하고 명랑한 인물이었다. 그는 그 성채에 생기와 혼을 불어넣는 주인공이기도 했다. 일이 끝나면 산책로의 돌 의자에 앉아 기타를 퉁기며 시드와 베르나르도 델 카르피오와 페르난도 델 풀가르 등 에스파냐 영웅들에 관한 노래를 불러 그 성채의 군인들을 즐겁게 해주거나, 아가씨들이 볼레로나 판당고를 출 수 있게 더 활기찬 곡들을 연주해 주기도 했다.

덩치 작은 남자들의 아내들이 대부분 그렇듯이, 로페 산체스의 아내도 가슴이 크고 건장하여 그를 제 주머니에 넣을 수

있을 정도였다. 하지만 그는 가난한 사람들 누구라도 누릴 수 있는 운명 한 가지는 누리지 못했다. 즉 자식이 열이 아니라 하나뿐이었던 것이다. 그 아이는 눈동자가 까만 산치카라는 열두 살 된 작은 소녀였는데, 제 아버지만큼 쾌활하여 아버지의 마음을 늘 기쁘게 했다. 산치카는 정원에서 일하는 아버지 주위에서 놀았고, 그늘에서 아버지가 기타를 치면 거기에 맞춰 춤을 추었으며, 작은 숲과 골목길, 알함브라의 폐허가 된 홀들을 새끼사슴처럼 자유롭게 뛰어다녔다.

마침 신성한 성 요한 축일 전야가 되어, 축일과 수다 떨기를 좋아하는 알함브라의 주민들은 한밤중에 남녀노소 할 것 없이 모두 그 평평한 산정에서 하지의 밤기도를 올리기 위해 헤네랄리페 위로 솟아 있는 태양의 산으로 올라갔다. 달빛을 받은 산들은 모두 회색빛과 은빛을 띠고 있었으며, 그 아래 돔과 첨탑이 있는 도시는 그늘에 묻혀 있고 귀신들린 개천들이 그 어슴푸레한 숲들 사이로 빛을 발하며 흘러가는 평원은 요정의 나라 같았다. 산꼭대기에는 무어인들에게서 전해진 그 지역의 오래된 풍습에 따라 횃불을 하나 밝혀두었다. 주변의 다른 지역 주민들도 비슷한 철야기도를 올리기 때문에, 평원의 이곳저곳과 산의 이 굽이 저 굽이에서 타오르는 횃불들이 달빛 아래서 희미하게 빛을 발하고 있었다.

그런 종류의 축연 때는 그 어느 때보다 즐거워하는 로페 산체스의 기타소리에 맞추어 춤을 추며 저녁시간이 즐겁게 흘러갔다. 사람들이 춤을 추고 있을 동안 어린 산치카는 친구들과 함께 그 산*의 꼭대기에 있는 무어의 오래된 보루의 폐허에서 놀고 있었는데, 해자에서 자갈을 줍다가 신기하게도 작은 손 모양이 새겨진 흑옥을 발견했다. 손가락들은 꼭 쥐여진 네 손가락을 엄지손가락이 단단히 누르고 있는 모양이었다. 자신에게 찾아온 행운에 감격한 산치카는 어머니에게 달려가 자기가 찾아낸 흑옥을 보여주었다. 현명한 이들은 즉시 그 물건에 대해 깊이 생각하기 시작했고 어떤 사람들은 그것이 미신과 관련된 것이라고 의심했다. 또 몇몇 사람은 "그런 건 내던져버려!" 하고 말했다.

"그건 무어인들에게 속한 것이라오. 그 안에는 재앙과 마녀들의 장난이 들어 있단 말이오." "절대로 그렇지 않소." 다른 사람이 말했다. "사카틴의 보석상에 팔면 뭔가를 바꿔올 수 있을 거요." 이런 논의가 오고가는 중에, 아프리카에서 복무

✝ 이 위치는 '무어인의 자리'라는 뜻의 '시야 델 모로'이다. (편집자 주)

했던 무어인만큼이나 가무잡잡한 한 늙은 병사가 다가왔다. 그는 뭔가 아는 듯한 표정으로 그 손을 살펴보았다. "이런 걸 본 적이 있어요." 그가 말했다. "바르바리의 무어인들에게서요. 그 돌은 흉안이나 온갖 종류의 주문, 마법을 막아주는 막강한 힘을 지닌 겁니다. 로페, 자네에게 기쁜 일이야. 이건 자네 아이에게 행운을 가져다줄 징조일세."

그 말을 들은 로페 산체스의 아내는 그 작은 손 모양의 흑옥을 리본에 달아 딸의 목에 걸어 주었다.

이런 부적을 보자 무어인들과 관련된 온갖 기분 좋은 미신들이 떠올랐다. 사람들은 춤은 다 잊고 무리를 지어 바닥에 앉아 조상들에게서 전해들은 오래된 전설을 이야기하기 시작했다. 그들이 앉아 있는 바로 그 산에 관한 놀라운 이야기도 있었는데, 그 지역은 원래 도깨비가 출몰하는 곳으로 유명했다. 한 쭈그렁 노파는 그 산 깊숙한 곳, 보압딜과 그의 무슬림 신하들이 마법에 걸린 채 남아 있다는 바로 그 지하궁전에 관한 이야기를 길게 풀어놓았다. 노파는 멀리 떨어진 그 산의 한 부분에서 허물어지고 있는 벽들과 흙더미들을 가리키며 말했다. "저 폐허들 너머에는 이 산의 중심까지 쭉 이어져 내려가는 아주 깊고 어두운 구덩이가 있지. 나는 그라나다의 돈을 모두 준다고 해도 그 안은 들여다보지 않을 거야.

옛날 알함브라에 이 산에서 염소를 치던 가난한 남자가 있었는데 어린애 하나가 그 구덩이에 떨어지자 그 뒤를 따라 들어간 적이 있었어. 그가 돌아왔을 때 그는 완전히 정신이 나가 있었지. 하도 이상한 얘기를 떠들어대는 통에 사람들은 그를 보고 모두 머리가 돌아버렸다고 생각했어. 그는 하루인지 이틀인지 그 동굴 속에서 자기를 쫓아다녔다는 무어인 유령들에 대해서 미친 듯이 떠들어댔고, 사람들이 아무리 달래도 염소들을 데리고 다시는 이 산에 올라가지 않으려고 했어. 결국에는 다시 올라갔지, 불쌍한 사람. 하지만 다시는 산에서 내려오지 못했어. 이웃들은 무어인들의 폐허 주변에서 풀을 뜯고 있는 그의 염소들과 그 구덩이 입구 근처에 떨어져 있는 그의 모자와 외투를 발견했는데, 그후로 그에 관한 소식은 들을 수 없었다네."

어린 산치카는 숨을 죽이고 그 이야기에 집중했다. 타고나기를 호기심이 많은 그 아이는 곧바로 그 위험한 구덩이를 들여다보고 싶은 커다란 열망에 휩싸였다. 모여 있는 사람들 틈에서 몰래 빠져나온 산치카는 그 멀리 떨어진 폐허를 찾았고, 한참 그 주변을 더듬거리다가 산꼭대기 근처에서 작은 구덩이에 이르렀다. 그 구덩이는 가파르게 다로 강 계곡으로 이어졌다. 그 구덩이 한가운데 입구가 입을 쩍 벌리고 있었다. 산치카는 과감하게 가장자리로 다가가 안을 들여다보았다. 모든 게 칠흑 같았고 그 깊이는 도저히 가늠할 수 없을 것 같았다. 산치카는 간담이 서늘해져 뒤로 물러섰다가 다시 한 번 그 안을 들여다보았고 그러고는 달아나려고 하다가 또 한 번 들여다보았다. 무시무시한 이 일 자체가 산치카에게는 재미를 주었던 것이다. 이윽고 소녀는 커다란 돌을 굴려 와서는 가장자리 너머로 그 돌을 굴려 넣었다. 얼마 동안 그 돌은 아무 소리 없이 떨어지더니, 갑자기 돌출된 암석 같은 것에 부딪히는 커다란 소리가 났고, 그런 다음 다시 튀어 이쪽에서 저쪽으로 굴러가는지 천둥처럼 우르릉 쿵쾅하는 소음을 냈다. 그러고는 마지막으로 아주 깊은 아래에서 물에 첨벙 빠지는 소리가 나더니 그후에는 다시 아무 소리도 들리지 않았다.

그러나 그 정적은 계속되지 않았다. 그 무시무시하게 깊은 곳에서 무언가가 깨어난 것 같았다. 그 구덩이 속에서는 차츰 벌집에서 붕붕 대는 소리와 비슷한 웅얼거리는 소리가 올라왔다. 그 소리는 점점 더 커졌고, 마치 그 산의 한가운데에서 어떤 군대가 전쟁터에 나가기 위해 대열을 정렬하기라도 하는지, 멀리서 사람들 한 무리의 목소리와 무기들이 부딪히는 소리, 심벌즈 소리와 나팔 소리가 뒤섞인 채 들려왔다.

소녀는 두려움에 아무 소리도 내지 못하고 뒤로 몸을 빼고는 서둘러 자기가 빠져나왔던 부모와 이웃들이 있던 곳으로 돌아갔다. 그러나 모두 가버리고 없었다. 횃불은 꺼졌고 거기서 나는 마지막 연기가 달빛 아래서 구불구불 피어오르고 있었다. 멀리 있는 산 굽이굽이와 평원에서 타오르던 불들도 모두 꺼졌고, 모든 것이 가라앉아 휴식을 취하는 듯했다. 산치카는 엄마 아빠를 부르고 친구들의 이름을 불렀지만 아무 대답도 들리지 않았다. 소녀는 산허리를 따라 달려 내려가 헤네랄리페의 정원들을 지나 이윽고 알함브라로 들어가는 나무들이 늘어선 골목에 다다라서는 숨을 돌리기 위해 움푹 패인 곳에 있는 벤치에 앉았다. 알함브라의 감시탑에서 자정을 알리는 종이 울렸다. 깊은 고요함이 찾아와, 관목들 아래 흐르는 보이지 않는 개천물이 찰랑이는 낮은 소리만이 들려왔고 온 자연이 잠들어버린 것 같았다. 대기가 내뿜는 달콤함이 산치카를 살살 달래어 잠들게 했는데, 그러던 한 순간 멀리서 번쩍하는 무언가가 아이의 시야에 잡혔다. 산치카가 본 것은 놀랍게도 산허리를 따라 나뭇잎이 무성한 골목을 지나 쏟아져 내려오는 무어인 전사들의 긴 행렬이었다. 어떤 이들은 창과 방패로 무장하고 어떤 이들은 언월도와 전투도끼로 무장한 채 달빛을 받아 번쩍이는 윤이 나는 흉갑을 입고 있었다. 그들의 말은 의기양양하게 활보했고 재갈을 우적우적 씹어댔지만, 말발굽에 펠트를 씌운 것처럼 조그마한 소리밖에 나지 않았고 기수들은 죽은 사람들처럼 창백했다. 그들 가운데에서 왕관을 쓰고 긴 황금빛 머릿단에 진주를 꼬아 장식한 아름다운 숙녀가 말을 타고 가고 있었다. 그녀가 탄 여성용 승용마는 금실로 수놓인 진홍빛 벨벳 마의를 입고 땅위를 휩쓸며 달렸지만, 그녀는 땅바닥만 뚫어져라 쳐다보며 몹시 절망적인 얼굴로 말에 실려 가고 있었다.

그 뒤로 다양한 색깔의 예복과 터번으로 화려하게 차려입은 신하들의 행렬이 이어졌고, 그들의 한가운데에는 보석으로 장식된 왕의 망토를 걸치고 다이아몬드가 반짝이는 왕관을 쓴 보압딜 엘 치코 왕이 크림색 군마를 타고 가고 있었다. 어린 산치카는 노란 턱수염과, 헤네랄리페의 갤러리에서 자주 보았던 그 초상화 속 인물과 닮은 그를 단번에 알아보았다. 소녀는 이 왕실의 행렬이 나무들 사이로 반짝이며 지나가는 것을 경이롭고도 감탄 어린 눈으로 바라보고 있었다. 산치카는 너무나 창백하고 조용한 이 왕족과 신하들, 전사들이 범상한 자연의 존재가 아니며 마법과 주문의 소산임을 알고 있었지만 여전히 대범하게 그들을 계속 지켜보았다. 산치카의 용기는 목에 걸고 있는 손 모양의 신비한 부적에서 나오는 것이었다.

행렬이 지나가자 산치카도 일어나 그들 뒤를 따라갔다. 그 행렬은 활짝 열려 있는 거대한 정의의 문 앞까지 이어졌다. 늙은 퇴역용사인 파수병들은 망루의 돌의자에 길게 누워 마법에 걸려 깊은 잠에 빠져 있었고, 유령들의 행렬은 펄럭이는 깃발을 들고 승리에 찬 당당한 태도로 그들 옆을 소리 없이 지나갔다. 산치카도 따라가려고 했지만, 마침 그 망루 안 바닥에 그 탑의 지하로 내려가는 구멍이 눈에 띄었다. 소녀는 조금 들어가보았다가 용기를 내어 바위에 거칠게 깎아 만든 계단을 따라 계속 들어갔는데, 천장이 둥근 통로 여기저기 밝혀둔 은 등잔불은 빛만 밝혀줄 뿐만 아니라 기분 좋은 향기도 퍼뜨렸다. 대담하게 앞으로 나아가던 산치카는 마침내 산의 심장부를 파내고 만든 커다란 홀에 다다랐다. 무어 식으로 화려한 가구들이 갖춰져 있었고, 은 등잔과 크리스탈 등잔으로 불이 밝혀져 있었다. 흰 수염을 길게 기르고 무어 식 옷을 입은 한 노인이 긴 의자에 앉아, 그의 손아귀에서 계속 미끄러지려 하는 지팡이를 잡고 꾸벅꾸벅 졸고 있었다 한편 조금 떨어진 곳에는 옛날 에스파냐 식 드레스를 입은 아름다운 여인이 반짝이는 다이아몬드가 빼곡히 박힌 보관을 쓰고 머리카락에는 진주를 꼬아 장식한 채 은 리라를 부드럽게 연주하고 있었다. 그러자 어린 산치카는 알함브라의 노인들이 들려준 이야기가 생각났다. 늙은 아라비아 마법사가 고트족 공주를 산 한가운데 가둬두었으며 음악의 마법으로 그녀는 계속 잠들어 있다는 이야기였다.

여인은 그 마법이 걸린 홀에서 사람을 보고는 너무 놀라서 연주를 멈췄다. "지금이 성 요한 축일 전야니?"

"그렇답니다." 산치카가 대답했다.

"그렇다면 하룻밤 동안 마법의 힘이 멈추겠구나. 이리 오너라, 애야. 무서워 말고. 나도 너처럼 기독교인이란다. 마법으로 여기에 갇혀 있기는 하지만. 네 목에 걸려 있는 부적으로 나의 차꼬를 건드려다오. 그러면 오늘밤은 나도 자유롭게 보낼 수 있단다."

그렇게 말하고는 자신의 옷을 펼쳐 허리에 두른 두꺼운 금색 띠와 그녀를 바닥에 묶어두는 황금 사슬을 보여주었다. 아

이가 주저하지 않고 그 작은 손 모양의 흑옥으로 금색 띠를 건드리자 즉시 사슬이 바닥에 떨어졌다. 그 소리에 노인이 깨어나 눈을 비볐지만, 여인이 재빨리 손가락으로 리라의 현을 타자 그는 다시 잠에 빠져들어 꾸벅였고 그의 지팡이는 그의 손안에서 휘청거렸다. "이제 저 사람의 지팡이를 그 부적으로 건드리거라" 하고 여인이 말했다. 아이가 그렇게 하자 지팡이는 그의 손에서 떨어졌고 그는 긴 의자 위에서 깊은 잠에 빠졌다. 여인은 은 리라를 긴 의자 위 마법사의 머리맡에 살며시 내려놓고는 그 소리가 노인의 귓가에 진동할 때까지 현을 탔다. "오, 강력한 화음의 정령이여, 날이 밝을 때까지 계속해서 그의 감각을 사로잡고 있으라. 그리고 아이야, 너는 나를 따라오너라. 이제 너는 그 영예롭던 시절의 알함브라를 보게 될 것이다. 너는 모든 마법을 이기는 부적을 가지고 있으니 말이다." 산치카는 조용히 그 여인을 따라갔다. 그들은 그 동굴의 입구를 통과해 정의의 문의 망루로 나갔고, 거기서 다시 플라사 데 로스 알히베스(성채 안의 산책로)로 갔다.

그곳은 기병 보병 할 것 없이, 깃발을 내걸고 부대별로 집결한 무어의 병사들로 가득 차 있었다. 현관에는 왕실경호대가 서 있었고 아프리카 흑인들도 언월도를 빼들고 열을 지어 서 있었다. 아무도 입을 열지 않았고, 산치카는 그 여인이 이끄는 대로 겁내지 않고 따라갔다. 자신이 자라났던 바로 그 왕궁 안으로 들어가자 산치카의 놀라움은 더욱 커졌다. 밝은 달빛이 모든 홀과 궁정과 정원을 마치 대낮처럼 환하게 밝혀주었지만, 자신이 익숙했던 것과는 너무도 다른 광경이 드러났다. 벽에는 이제 세월이 남긴 얼룩이나 갈라진 틈이 하나도 없었다. 거미줄 대신 고급스러운 다마스쿠스 실크가 걸려 있고, 금박과 아라베스크 그림들도 원래의 찬란하고 생생한 상태로 돌아가 있었다. 가구 하나 없이 휑하던 홀들에는 진귀한 재료로 만들어 진주와 보석들을 달아 수놓은 침대의자와 긴 발판의 자들이 놓여 있었고, 마당과 정원의 분수들은 활기차게 물을 뿜어내고 있었다.

주방에서도 다시 분주한 움직임이 시작되었다. 요리사들은 잔치 요리를 준비하고 어린 닭과 자고 고기를 튀기고 끓이느라—이 모든 것도 환영이었지만—바빴다. 하인들은 맛있는 음식을 잔뜩 쌓아올린 은접시들을 들고 이리저리 바삐 다니고 진수성찬을 차리느라 여념이 없었다. 사자들의 궁정에는 무어인들이 지배하던 그 옛날 그랬던 것처럼 경비병들과 조신들과 알파키들(무어의 사제)이 가득했고, 심판의 살롱 상단 끝에는 신하들에게 둘러싸인 보압딜이 왕좌에 앉아 그 하룻밤 동안 실체 없는 지배권을 휘두르고 있었다. 이 모든 무디플과 먼삽해 보이는 광경에도 불구하고 목소리 하나 발자국 소리 하나 들리지 않았다. 분수의 물소리 말고는 한밤의 정적을 깨뜨리는 것은 아무것도 없었다. 어린 산치카는 아무 말도 않고 그저 경이로워하며 그 여인을 따라 궁전 안을 돌아다녔는데, 마침내 그들은 코마레스 탑 아래 둥근 천장이 있는 현관 앞에 다다랐다. 그 현관 양쪽에는 설화석고로 만든 님프의 상이 하나씩 있었다. 그들은 고개를 옆으로 돌리고 있었고 그들의 시선은 지하실 안의 동일한 지점을 향하고 있었다. 마법에 걸린 여인은 걸음을 멈추고 손짓으로 아이를 불렀다. "여기에는 커다란 비밀이 있는데, 너의 믿음과 용기에 대한 보답으로 내가 너에게 그 비밀을 알려주겠다. 이 신중한 조각상들은 옛날에 한 무어 왕이 감춰둔 어마어마한 보물을 지키고 있는 거란다. 너희 아버지에게 저 조각상들의 눈이 바라보는 곳을 뒤져보라고 말씀드려라. 그러면 네 아버지를 그라나다에서 그 누구보다 부자로 만들어줄 보물을 발견하게 될 거야. 그러나 이것은 네가 그 부적을 지니고 있기 때문이란다. 그 보물을 들어낼 수 있는 것은 너의 그 순결한 손뿐이니 네 아버지에게 그것을 신중히 사용하라고 이르고, 내가 이 지독한 마법에서 해방될 수 있도록 매일 미사에 그 일부를 바치도록 일러라."

여인은 이 이야기를 끝내고는 그 조상들 바로 곁에 있는 린다락사의 작은 정원으로 아이를 데리고 갔다. 달은 정원 가운데 있는 외로운 분수의 수면 위에 떨고 있었고 오렌지나무와 시트론나무에 부드러운 빛을 비추고 있었다. 그 아름다운 여인은 배롱나무 가지를 꺾어 화관을 만들어 아이의 머리에 씌워주었다. "이것을 내가 너에게 알려준 비밀에 대한 기념물이자 그 진실에 대한 증거로 삼거라. 내가 갈 시간이 다 되었구나. 나는 다시 그 마법에 걸린 홀로 돌아가야만 한단다. 나를 따라오지 마라. 그렇지 않으면 너에게 재앙이 닥칠 것이다. 잘 있어라. 내가 한 말을 잊지 말고 나의 구원을 위한 미사를 올려다오." 여인은 그렇게 말하고는 코마레스 탑의 지하로 이어지는 어두운 통로로 들어갔고 그후로 다시는 보이지 않았다.

그러자 알함브라 아래쪽 다로 강 계곡에 있는 오두막집들에서 희미한 수탉 울음소리가 들려오고 동쪽 산들 위로 창백한 빛줄기가 나타나기 시작했다. 미풍이 불어와 궁정들과 회랑들 사이로 마른 잎들이 바스락거리며 지나가는 소리가 났고 문들이 차례로 삐걱거리는 소리를 내며 닫혔다.

산치카는 바로 조금 전 유령들의 무리가 우글대던 곳으로 돌아가 보았지만, 보압딜과 그의 신하들은 사라지고 없었다. 잠시 동안의 찬란함은 다 사라지고 세월의 얼룩과 황폐함, 거미줄만 걸려 있는 텅 빈 홀과 갤러리 안으로 달빛이 스며들었다. 희미한 빛 속에서 박쥐들이 펄럭이며 날아다니고 연못에서는 개구리들이 울어댔다.

이제 산치카는 지름길을 통해 자기 가족이 살고 있는 초라한 집으로 들어가는 외딴 계단으로 달려갔다. 문은 늘 그렇듯이 열려 있었다. 로페 산체스는 너무 가난해서 빗장이나 걸쇠가 필요 없던 것이다. 산치카는 조용히 자기 짚 요 위로 기어들어가 배롱꽃 화관을 베개 밑에 넣고는 곧 잠이 들었다.

아침에 산치카는 자기에게 일어났던 일을 모두 아버지에게 들려주었다. 그러나 로페 산체스는 그 이야기를 단순히 꿈으로 여기고 딸아이의 순진함에 웃기만 했다. 그는 평소대로 일을 하러 정원으로 갔는데 얼마 지나지 않아 어린 딸이 숨이 턱에 차 달려왔다. "아버지! 아버지!" 하고 아이가 소리쳤다. "이 배롱나무 화관을 보세요. 그 무어 여인이 내 머리에 씌워준 거예요!"

로페 산체스는 깜짝 놀라 그 화관을 바라보았다. 배롱나무

가지는 순금이었고 잎은 모두 반짝반짝 빛나는 에메랄드였던 것이다! 보석을 제대로 본 적이 없는 로페 산체스는 그 화관의 진짜 가치가 얼마나 되는지 알 수 없었지만, 단지 지어낸 꿈이라고 하기에는 실제적인 무언가가 있으며 또 아이가 그런 꿈을 꾼 데는 의미가 있다는 확신에 이르렀다. 그는 제일 먼저 딸에게 그 비밀을 절대로 누설하지 말라고 당부했다. 그러나 산치카는 그 나이나 성별에 비해 대단히 분별 있는 아이였기 때문에 이 점에서는 걱정할 필요가 없었다. 그런 다음 그는 설화석고로 된 님프상 두 개가 서 있는 그 궁륭 아래로 갔다. 그는 조상들의 머리가 현관 쪽으로 향하고 있고 각자 건물 안의 한 지점을 바라보고 있음을 알아보았다. 로페 산체스는 비밀 유지를 위한 그렇게 신중한 장치에 감탄하지 않을 수 없었다. 그는 조상들의 눈과 그 시선 끝을 연결하는 선을 그은 다음 벽에 자기만 알아볼 수 있는 표시를 해두고 물러갔다.

그러나 로페 산체스의 머릿속은 하루 종일 오만 가지 걱정으로 산란했다. 그는 멀리서 그 조상들이 바라다 보이는 지점을 계속 맴돌지 않을 수 없었고 그 소중한 비밀을 누군가 알게 되리라는 걱정 때문에 초조해졌다. 누군가의 발걸음이 들릴 때마다 그는 덜덜 떨었다. 그는 그 조상들이 수백 년 동안이나 같은 곳을 바라보고 있었지만 아무도 그 비밀을 알아내지 못했다는 사실은 다 잊어버리고, 그 조상들의 미티를 놀려놓을 수만 있다면 무엇이든 다 할 수 있을 것 같은 기분이었다.

"빌어먹을 조상들," 그는 혼잣말을 했다. "저것들이 모든 걸 다 폭로할 거야. 저런 식으로 비밀을 지키는 방법을 들어본 사람이 과연 있을까?" 그러다가 누군가 다가오는 소리만 나면, 자기가 그 근처에서 어슬렁대는 것만으로도 의심을 살 수 있다고 여기는지 슬그머니 그 자리를 떴다. 그러고는 다시 조심스럽게 돌아와 좀 떨어진 곳에서 모든 것이 안전한지 훔쳐보았지만, 그 조상들의 모습을 보면 다시 화가 솟구쳤다. "어허, 저것들은 쳐다보지 말아야 할 바로 그 지점만 항상 보고 또 보고 있지 않은가 말이야. 빌어먹을 것들! 누가 여자 아니랄까 봐 저렇게 여자 티를 내는군! 비밀을 들통 낼 혀는 없어도 눈으로 탄로 낼 게 분명해."

그로서는 다행스럽게도 마침내 그 길고 초조한 하루가 저물고 있었다. 소리가 잘 울리는 알함브라의 홀들에서도 더 이상 발자국 소리는 들리지 않았다. 마지막까지 남았던 한 낯선 사람도 문지방을 넘어갔고 그 커다란 현관에는 빗장이 채워졌다. 박쥐와 개구리와 부엉부엉 우는 올빼미들이 차츰 그 버려진 궁전에서 밤의 일상을 시작하고 있었다.

그러나 로페 산체스는 밤이 훨씬 더 깊어질 때까지 기다리고 나서야 어린 딸과 함께 두 님프가 있는 홀로 들어섰다. 그는 그 조상들이 항상 그랬듯이 모든 걸 알고 있다는 듯한 신비로운 눈길로 그 비밀 장소를 바라보고 있는 것을 보았다. 로페 산체스는 그 사이를 지나가면서 속으로 이렇게 말했다. "친절하신 님프님들께서 허락해주신다면, 지난 이삼 백 년간 당신들의 마음을 너무나 무겁게 짓누르고 있던 그 짐에서 해방시켜드리겠습니다." 그리하여 그는 벽에 표시해두었던 부분을 파기 시작했는데 잠시 후 감춰져 있던 우묵한 부분이 드러났고 그 안에는 자기로 된 커다란 단지 두 개가 놓여 있었다. 그가 꺼내려고 했지만 그 단지들은 꼼짝도 하지 않다가 그의 어린 딸이 순결한 손으로 건드리고 나서야 움직였다. 딸의 도움을 받아 그는 단지들을 꺼냈고, 무어의 황금과 보석과 귀한 보물들이 가득 차 있는 것을 보고 크나큰 기쁨을 느꼈다. 날이 밝기 전에 그는 그것들을 자기 집으로 옮겨왔다. 홀의 수호 조상 둘은 여전히 텅 빈 벽을 바라본 채 남아 있었다.

그리하여 로페 산체스는 벼락부자가 되었지만, 부란 언제나 그렇듯이 그때까지 그가 전혀 몰랐던 수많은 근심들을 몰고

오기 마련이다. 어떻게 하면 그 재산을 안전하게 옮길 수 있을까? 사람들에게 의심을 사지 않으면서 그 부를 누리려면 어떻게 해야 할까? 그리고 이제 평생 처음으로 그에게도 도둑에 대한 두려움이 생겨났다. 그는 자기 집이 얼마나 안전하지 않은지 알아보고 아찔해졌고 문과 창문 곳곳에 방책을 만들어 달았다. 게다가 할 수 있는 모든 예방조치를 하고도 깊이 잠들 수가 없었다. 여느 때의 쾌활하던 성격은 사라졌고 더 이상 이웃들에게 농담을 걸거나 노래를 불러주지도 않았다. 한마디로 그는 알함브라에서 가장 비참한 인간이 된 것이다. 그의 옛 동료들은 그의 변화를 알아차리고, 그가 곤궁에 빠져 도와달라고 그들에게 매달릴 거라고 짐작하고는 몹시 딱하게 여겼지만 결국 그를 등지기 시작했다. 그의 유일한 재앙이 부유함이라는 것을 그들은 짐작조차 할 수 없었다.

로페 산체스의 아내 역시 그와 같은 불안감을 느끼고 있었지만, 그녀에게는 종교적인 위안이 있었다. 이에 앞서 우리는 로페가 다소 사려 깊지 않은 사람이기 때문에 그의 아내가 중대한 문제는 모두 자신의 고해신부인 시몬 신부에게서 조언과 도움을 구했다는 사실을 언급해야 했다. 그는 이웃에 있는 성 프란체스코 수도원에 소속된 어깨가 넓고 푸른 수염을 기르고 머리가 둥그런 덩치 큰 수도사로, 사실상 그 마을의 선량한 주부들 절반이 그를 영적 위안자로 삼고 있었다. 게다가 그는 여러 수녀들에게서도 높은 존경을 받고 있어서 그의 종교적 봉사에 대한 보답으로 수녀원에서 만든 맛있는 군것질거리와 작은 장식품들을 선물로 받았는데, 그런 맛있는 과자와 달콤한 비스킷과 향료가 들어간 음료수 등은 금식과 철야기도 후에 기운을 회복하는 데 놀라운 효과가 있었다.

시몬 신부는 자신의 직무 수행에 열심이었다. 무더운 날 그가 알함브라의 언덕을 힘들여 올라갈 때면 그의 번들대는 피부가 햇빛을 받아 반짝였다. 날씬한 몸집인데도 허리에 묶어둔 밧줄로 그의 엄격한 자기단련을 엿볼 수 있었고, 사람들은 경건함의 귀감인 그를 보면 모자를 벗어 예를 표했다. 심지어 개들도 그가 지나갈 때면 그의 옷에서 풍기는 성스러움의 향을 맡고는 개집에서 긴 울음소리를 뽑아냈다.

그 시몬 신부가 바로 로페 산체스의 아름다운 아내의 종교적 조언자였으며 또한 에스파냐의 소박한 여인들 또한 고해신부인 그에게 자신들의 가정사를 믿고 솔직하게 털어놓았다. 로페 산체스의 아내 역시 반드시 비밀을 지켜달라는 다짐을 받고 그 숨겨진 보물 이야기를 들려주었다.

그 이야기를 들은 수도사는 눈을 떴다 감았다 입을 벌렸다 다물었다 하며 십자성호를 수십 번이나 그렸다. "내 영혼의 딸이여!" 하고 그가 말했다. "너의 남편이 두 가지 죄를 지은 것을 아느냐! 그것은 바로 국가에 대한 죄이자 교회에 대한 죄니라! 그가 그렇게 해서 제 차지로 만든 그 보물은 왕국의 영토 안에서 발견되었으므로 물론 왕에게 속한 것이지만, 이교도의 보물을 말 그대로 사탄의 송곳니로부터 구해낸 것이니 당연히 교회에 바쳐야할 것이다. 그러나 그 문제를 적당히 조정해볼 수도 있다. 그 배롱나무 화관을 이리 가지고 오라."

그 화관을 보았을 때 선량한 신부의 눈은 에메랄드의 크기와 아름다움에 대한 경탄으로 그 어느 때보다도 반짝거렸다. "이것은 그 발견의 첫 소산이니 종교적 용도에 봉헌해야 한다. 나는 이것을 우리 예배당의 성 프란체스코 상 앞에 봉헌물로서 걸어둘 것이며, 바로 오늘밤 너의 남편이 앞으로 나머지 보물을 안전하게 지킬 수 있도록 해달라고 열심히 기도를 올릴 것이다."

선량한 부인은 얼마 안 되는 대가를 치르고 천국과 평화로운 관계를 유지할 수 있게 된 것에 기뻐했고, 수도사는 자기 망토 아래 그 화관을 감추고서 성자 같은 걸음걸이로 수도원을 향해 걸어갔다.

로페 산체스가 집에 돌아왔을 때 아내는 그에게 무슨 일이 있었는지 이야기했다. 그는 아내 같은 신앙심이 없었고 예전부터 수도사가 집집마다 찾아다니는 것을 몹시 못마땅하게 여겨왔기에 몹시 화가 났다. "여보, 당신 무슨 짓을 한 거요!" 하고 그가 말했다.

"뭘요!" 선량한 여인이 우는 소리를 했다. "당신이 내가 나의 고해신부님께 양심의 짐을 더는 것을 막겠단 말예요?"

"아니, 여보! 당신 자신의 죄는 당신이 원하는 대로 다 고백해도 좋소. 하지만 이 보물 찾은 이야기, 이것은 바로 나의 죄고, 내 양심은 그 죄가 나를 내리눌러도 전혀 불편하지 않단 말이요."

그러나 불평해도 소용은 없었다. 비밀은 이미 누설되었고 모래밭에 쏟아진 물처럼 다시 주워 담을 수가 없었다. 그들이 할 수 있는 유일한 일은 그 수도사의 입이 무겁기를 바라는 것뿐이었다.

다음 날, 로페 산체스가 밖에 나갔을 때 조심스럽게 문 두드리는 소리가 들리더니 시몬 신부가 순하고 점잔 빼는 표정으로 들어섰다.

"딸이여," 하고 그가 입을 열었다. "내가 성 프란체스코 님께 성심으로 기도를 올렸더니 그분이 나의 기도를 들으셨다. 그러나 깊은 밤에 성인께서 찌푸린 얼굴로 나의 꿈에 나타나 이렇게 말씀하셨다. '어찌하여 너는 내 예배당의 가난을 눈으로 보면서도 그 이교도의 보물을 쓰지 말라고 기도하는가? 로페 산체스의 집으로 가서 나의 이름을 대고, 주 제단에 놓을 촛대 두 개를 마련할 만큼만 무어의 황금을 나눠달라고 간청하고 나머지는 그가 다 갖도록 하여라.'"

이러한 현신의 이야기를 들은 그녀는 경외감으로 십자가를 긋고 로페가 보물을 감춰둔 비밀장소로 가서 무어의 금화로 가득 채운 커다란 가죽 주머니를 가져와 수도사에게 건넸다. 그 경건한 수도사는 그 보답으로, 만약 천국이 들어준다면 그녀의 가장 마지막 후손까지도 풍족하게 만들 수 있을 만한 축복의 말을 그녀에게 쏟아 부었다. 그러고는 수도복 소매에 그 주머니를 슬쩍 밀어 넣고 두 손을 가슴 위에 포개고 겸허하게 감사를 표하며 나가버렸다.

두 번째로 교회에 기부한 이야기를 들었을 때 로페 산체스는 거의 이성을 잃을 정도였다. "지지리 운도 없는 인간!" 그가 부르짖었다. "이제 난 어떻게 될까? 한 번에 조금씩 다 도둑맞겠지. 나는 몰락해서 구걸을 하게 될 거라고!"

그의 아내는 그에게 아직 수없이 많은 재물이 남아 있다는 사실과 성 프란체스코가 그렇게 작은 부분만으로 만족한 것이 얼마나 사려 깊은 일인지를 되새겨주면서 간신히 남편을 진정시킬 수 있었다.

불행히도 시몬 신부에게는 그가 돌보고 있는 덩치 크고 머리가 둥그런 고아들과 버려진 가난한 아이들 말고도 돌봐줘야 할 가난한 친척이 너무 많았다. 그래서 그는 매일 성 도미니쿠스와 성 앤드류, 성 제임스 등을 대신하여 구걸을 하러 왔고, 마침내 불쌍한 로페는 절망적인 지경에 이르러 그 신성한 탁발수도사의 손아귀에서 벗어나지 않는 한 달력에 이름을 남긴 모든 성자들에게 희생 제물을 바쳐야만 하리라는 것을 깨닫게 되었다. 그리하여 그는 남은 재물을 모조리 싸서 밤에 몰래 왕국의 다른 지역으로 달아나기로 결심했다.

그 계획에 마음이 부푼 그는 그 일에 쓸 튼튼한 나귀 한 마리를 사서 '칠층탑'의 아래에 있는 음침한 지하실에 매어놓았다. 그곳은 자정이면 밖으로 나와서 지옥의 개 무리에 쫓겨 그라나다의 거리를 누비고 돌아다닌다는 벨유도가 나온다는 바로 그곳이었다. 로페 산체스는 그 이야기를 거의 믿지 않았지만, 그 말 유령이 있다는 지하 마구간에는 아무도 들어가지 않으리라 생각하고 그 이야기가 불러일으키는 공포를 자기에게 유리하게 이용한 것이다. 그는 그날 낮에 가족들을 평원에 있는 먼 마을로 먼저 보내 자기를 기다리고 있게 했다. 밤이 다 가오자 그는 자기 보물들을 그 탑 아래 지하실로 가져가 당나귀에 신고 끌고 나와 어두운 골목을 조심스럽게 내려갔다.

정직한 로페는 자기가 마음먹은 계획을 철저히 비밀로 하여 가장 사랑하는 아내 외에는 아무에게도 알리지 않았다. 그러나 어떤 기적적인 계시가 있었는지, 그 계획은 시몬 신부에게도 알려졌다. 집착이 강한 그 수도사는 그 이교도의 보물이 자기 손아귀에서 영원히 빠져나가기 직전임을 알고는 교회와 성 프란체스코를 위해 한 번 더 손을 뻗어보기로 마음먹었다. 그에 따라 만종이 울리고 알함브라 전체가 조용해졌을 때 그는 수도원에서 몰래 빠져나가 정의의 문을 통과하여 큰길과 접해 있는 장미와 월계수 덤불 사이에 몸을 숨겼다. 그는 거기에 남아서 감시탑 종이 울리는 십오 분마다 시간을 계산하면서, 올빼미들의 오싹한 울음소리와 멀리 집시들의 동굴에서 들려오는 개 짖는 소리를 듣고 있었다.

이윽고 말발굽 소리가 들렸고, 그는 나무들이 드리운 커다란 그림자의 어둠을 뚫고 골목을 내려오는 말의 희미한 모습을 지켜보았다. 덩치 큰 수도사는 이제 곧 정직한 로페에게 골탕 먹일 생각을 하며 킬킬거렸다.

그는 수도복의 옷자락을 걷어 올리고 쥐를 노리는 고양이처럼 꿈틀거리며 먹잇감이 바로 자기 앞에 올 때까지 기다렸다가 나뭇잎들로 덮인 잠복하던 곳에서 날쌔게 튀어나가, 한손으로는 어깨를 다른 한손으로는 껑거리끈을 잡고 펄쩍 뛰어올라, 가장 능란한 승마의 달인이라도 부끄럽지 않을 솜씨로 양다리를 잘 걸쳐 가볍게 말 등에 올라탔다. "아하!" 맷집 좋은 수도사가 소리쳤다. "이제야 누가 이 게임을 제일 잘 파악하고 있는지 알겠지." 그가 미처 이 말을 다 뱉어내기도 전에 당나귀는 발길질을 하고 상체를 치켜들었다가 뒷다리를 치켜들더니 전속력으로 언덕을 달려 내려가기 시작했다. 수도사는 나귀를 진정시키려 했지만 허사였다. 녀석은 바위에서 바위로, 덤불에서 덤불로 풀쩍풀쩍 뛰어넘었다. 수도사의 수도복은 리본처럼 갈기갈기 찢어져 바람 속에 펄럭였고, 머리카락을 민 머리통은 나뭇가지들에 수도 없이 세게 얻어맞았고, 가시 덩굴에 수없이 긁혔다. 게다가 자기 뒤를 맹렬히 추적하는 사냥개 일곱 마리는 그에게 공포와 고통을 더했다. 그제서야 그는 비로소 자신이 그 무시무시한 벨유도를 타고 있음을 깨달은 것이다.

'악마 이겨라, 수도사 이겨라' 하는 옛말대로 그들은 큰길을 따라 달리고, 플라사 누에바를 가로지르고, 사카틴을 따라 달려 비바람블라를 둘러 계속 달려갔다. 사냥꾼과 사냥개가 그만큼 맹렬하게 달리거나 그만큼 지옥 같은 소동을 일으킨 적은 한 번도 없었을 것이다. 수도사는 헛되이도 달력 속의 모든 성인과 성모 마리아를 불러내 도움을 받아보려했으나, 그가 그런 이들의 이름을 입에 올릴 때마다 마치 새로 박차를 가하기라도 한 듯 벨유도는 집채만큼이나 높이 도약하는 것이었다. 그날 밤 남은 시간 동안 그 재수 없는 시몬 신부는 이리저리 그가 원치 않는 곳으로 실려 다니다가 결국 온몸의 뼈가 성치 않게 되었고, 입에 담기 끔찍할 정도로 살점이 뚝뚝 떨어져나갔다. 마침내 수탉의 울음이 새 날이 밝아왔음을 알렸다. 그 소리에 유령 말은 방향을 돌려 겅중겅중 자기 탑으로 돌아갔다. 말은 다시 비바람블라와 사카틴과 플라사 누에바를 가로질러 분수들의 골목을 지났고, 일곱 마리 개들은 괴성을 짖어대며 겁에 질린 수도사의 발꿈치를 깨물려고 펄쩍펄쩍 뛰어올랐다. 그날의 첫 빛이 밝았을 때 그들은 탑에 도착했다.

이제 벨유도가 발을 굴러 수도사를 공중제비를 넘듯이 내던지고는 어두운 지하실로 뛰어 들어갔고 지옥의 개 무리도 그 뒤를 따라 들어갔다. 귀가 떨어질 것 같던 그 마지막 굉음에 이어 깊은 정적이 찾아왔다.

성스러운 수도사가 그렇게 악마 같은 장난에 당한 적이 또 있었을까? 이른 새벽에 일을 하러 나가던 한 농부가 그 불운한 시몬 신부가 탑 앞 무화과나무 아래 쓰러져 있는 것을 발견했지만, 그렇게 심하게 멍이 들고 악마가 들린 것 같은 모습을 보고는 옴짝달싹도 하지 못했다. 그는 대단히 조심스럽고 부드럽게 자기 방으로 옮겨졌고, 도둑들이 그를 습격하고 못살게 굴었다는 이야기가 떠돌았다. 하루나 이틀이 지난 후에야 그는 다시 팔다리를 쓸 수 있게 되었는데, 그는 비록 보물을 실은 그 나귀는 놓치고 말았지만 그전까지는 쉽게 손에 넣을 수 없는 이교도의 보물을 욕심껏 챙길 수 있었다는 사실을 생각하며 자신을 위로했다. 팔다리를 쓸 수 있게 되자 그가 제일 먼저 챙긴 것은, 산체스 부인의 신앙심을 이용해 착복하여 짚요 아래 감춰둔 배롱나무 화관과 금화가 든 가죽 주머니를 찾는 일이었다. 그러나 결국 시든 배롱나무 가지와 모래, 자갈만 가득한 가죽주머니를 발견했을 때 그는 얼마나 깊은 낙담에 빠졌는지!

시몬 신부는 그 모든 원통함을 안고서도 입을 굳게 다무는 신중함을 발휘했다. 그 비밀을 누설했다가는 회중의 조롱과 상급자들의 처벌을 받게 될 테니 말이다. 그리고 많은 세월이 흘러 임종의 침상에 누웠을 때에야 비로소 그는 자신의 고해 신부에게 밤중에 벨유도를 타고 달렸던 이야기를 털어놓았다.

알함브라에서 사라지고 오랜 시간이 지날 때까지 로페 산체스에 관해서는 아무 소식도 들을 수 없었다. 사람들은 그가 극빈과 고생 때문에 수수께끼처럼 사라져버리기 얼마 전 그에게서 보였던 근심과 우울함을 떠올리며 걱정을 거두지는 못했지만, 유쾌한 친구였던 그에 대한 기억은 언제나 소중하게 간직하고 있었다. 몇 년 후 그의 옛 친구인 한 상이병사가 말라가에 갔다가 육두마차에 부딪혀 거의 치일 뻔했다. 마차가 멈추더니 가발을 쓰고 칼을 차고 화려하게 차려 입은 늙은 신사가 걸어 나와 그 불쌍한 상이용사를 부축했다. 이 당당한 기사에게서 옛 친구 로페 산체스의 모습을 발견했을 때 그 상이용사는 얼마나 놀랐을까. 게다가 로페는 자기 딸 산치카와 나라에서 제일가는 대공과의 결혼식에 가고 있었으니 말이다.

마차에는 신부 측 하객들이 타고 있었다. 거기에는 이제 통처럼 둥글둥글해진 몸에 깃털과 보석으로 만든 드레스를 입고 진주목걸이와 다이아몬드 목걸이를 걸고 다섯손가락에 반지를 낀 산체스 부인도 보였다. 한마디로 시바의 여왕 시절 이후 한 번도 본 적 없는 아름다운 차림이었다. 어린 산치카는 이제 다 자라 여인이 되었고 공주까지는 아니라도 공작부인으로 착각할 정도로 우아하고 아름다웠다. 그녀 옆에 앉은 신랑은 다소 여위고 다리가 마르고 긴 왜소해 보이는 남자였지만, 이런 특징은 그가 신장이 3큐빗*을 간신히 넘는 에스파냐 대공들의 혈통임을 말해주는 증거일 뿐이었다. 그들을 짝 지워준 것은 산치카 어머니의 솜씨였다.

부도 착한 로페의 마음을 망쳐놓지는 않았다. 로페는 옛 친구를 며칠 동안 머물게 하면서 왕처럼 진미를 대접하고 연극과 투우를 구경시켜주었으며, 마지막에는 친구를 위해 큰 돈주머니 하나와 이제는 다 늙은 알함브라의 다른 이웃들에게 나눠줄 주머니 하나까지 선물해 기뻐하며 떠나게 했다.

로페는 언제나 아메리카에 살던 부자 형이 죽으면서 구리

✛ 팔꿈치에서 가운뎃손가락 끝까지의 길이.

광산을 자신에게 물려주었다고 말했지만, 알함브라의 예리한 수다꾼들은 그의 재산이 모두 알함브라의 두 내리석 님프가 시키던 비밀을 알아낸 데서 생겼다고 장담했다. 바로 그 신중한 조상들은 오늘날까지도 벽의 바로 그 지점을 의미심장하게 노려보고 있다고 하는데, 이 때문에 많은 이들은 모험적인 여행자들의 주의를 끌 만한 가치 있는 보물이 아직도 남아 있다고 생각하기도 한다. 하지만 다른 사람들, 특히 모든 여자 방문객들은 그 조상들을 여자도 비밀을 지킬 수 있다는 사실에 대한 결코 사라지지 않을 기념물로 여겨 대단히 흡족한 눈빛으로 바라볼 뿐이다.

알함브라의 창건자,
아부 알라흐마르

지금까지 알함브라의 신기한 전설들을 자유롭게 이야기했으니 이제 독자들에게 알함브라의 좀더 진지한 역사에 대해 혹은 그 위대한 군주들, 알함브라를 창건하고 완성하여 이 세상에 그토록 아름답고 낭만적인 동방의 기념물을 선사한 그 주인공들의 역사에 관해 몇 가지 사실을 알려드려야겠다. 이런 역사적 자료들을 수집하기 위해 나는 모든 것이 상상력의 색조를 띠게 마련인 이 공상과 우화의 세계에서 내려가, 그라나다 대학의 오래된 예수회 도서관의 먼지 쌓인 커다란 책들을 뒤졌다. 한때 자랑스러운 학식의 보고였던 그곳은, 프랑스인들이 그라나다를 지배하던 시기에 그 필사본들과 귀한 작품들을 앗아가버려 지금은 그 옛 실체의 그림자에 지나지 않

게 되었다. 그러나 아직도 예수회 신부들의 논쟁을 담은 묵직한 많은 책들 속에는 에스파냐 문학의 특별한 작품들이 들어 있으며, 그중에서도 내가 특별히 숭배하는 것은 그 고풍스럽고 먼지에 덮인 양피지로 장정한 연대기들이다.

나는 이 오래된 도서관의 고요함 속에서 아무 방해도 받지 않고 문헌을 수집을 하며 기쁨에 겨운 시간을 보낼 수 있었는데, 그것은 그들이 친절하게도 도서관의 문들과 책장들의 열쇠를 내게 믿고 맡겨주고, 언제나 내가 편한 시간에 혼자서 마음껏 책들을 뒤질 수 있게 해주었기 때문이다. 이는 그야말로 봉인된 지식의 샘을 바라보며 목말라 하는 학생들을 자주 애태웠던 학식의 성역을 마음껏 누릴 수 있는 진귀한 특권이었다.

이렇게 도서관을 드나들면서 나는 문제의 역사적 인물들에 관해 다음과 같은 상세한 정보들을 수집할 수 있었다.

그라나다의 무어인들은 알함브라를 예술의 기적으로 여기며, 그 궁전을 세운 왕은 마법을 부릴 줄 아는 사람이었거나 최소한 연금술에 정통한 사람이었으며, 그 궁전을 세우는 데 필요했던 그 엄청난 양의 황금을 마련한 것은 바로 그런 수단을 통해서였다는 이야기가 전해 내려온다. 그의 치세를 간략히 살펴보기만 해도 그의 부의 진짜 비밀을 알 수 있다.

이 군주의 이름은 알함브라의 몇몇 건물의 벽에 새겨져 있듯이 아부 압달라(압달라의 아버지)지만, 무어의 역사에서는 보통 무하메드 아부 알라흐마르(마호메드, 알라흐마르의 아들)나 그냥 간단하게 아부 알라흐마르라고 일컬어진다.

그는 헤지라 519년, 즉 서기 1195년에 아르호나에서 베니 나사르(나사르의 자손들)라는 귀족 가문에서 태어났으며, 그의 부모는 가문의 풍족함과 존엄이 부여한 높은 지위에 걸맞도록 그 아들에게 필요한 것이라면 아무것도 아끼지 않았다. 에스파냐의 사라센 사람들은 매우 선진적인 문명을 누리고 있었고, 모든 주요 도시들은 학식과 예술의 중심지였기 때문에 지위가 높은 이 부유한 젊은이를 위해 가장 개화된 교사를 구하는 것은 어렵지 않았다. 아부 알라흐마르는 성인기에 이르자 아르호나와 하엔의 알카이데(태수)로 임명되었고, 그 인자함과 정의로운 성품으로 큰 인기를 얻었다. 아벤 후드가 죽은 후 몇 년 동안 에스파냐의 무어인 지배층은 여러 분파로 분열되었는데, 여러 지역들이 무하메드 아부 알라흐마르에 대한 지지를 표명했다. 낙천적인 기질과 동시에 엄청난 야망을 가진 그는 그 기회를 포착하여 전국을 순방하였으며 어디를 가나 환호를 받았다. 그가 대중의 열화 같은 함성 가운데 그라나다로 입성한 것은 1238년의 일이다. 백성들의 기쁨이 온갖 형태로 표현되는 가운데 아부 알라흐마르는 왕으로 선포되었다. 저명한 베니 나사르 가문에서 최초로 왕위에 오른 그는 얼마 지나지 않아 에스파냐 무슬림들의 우두머리가 되었다. 아부 알라흐마르는 백성들에게 축복 같은 존재였다. 그는 치하의 많은 도시들의 지배권을 그 용맹과 신중함으로 유명한 인물들과 백성들이 가장 만족스럽게 받아들일 수 있는 통치자들에게 맡겼다. 그는 경계가 치밀한 경찰을 조직했고 엄격한 조례를 만들어 법을 집행했다. 가난하고 궁핍한 사람들은 언제나 그를 알현할 수 있었고, 그는 빈민들을 돕고 문제를 해결하는 일에 몸소 관여했다. 아부 알라흐마르는 눈먼 사람과 늙고 병약한 사람들, 노동을 할 수 없는 모든 이들을 위해 병원들을 세우고 종종 그곳들을 불시에 방문했다. 정해진 날짜에 화려한 차림으로 찾아가 모든 것을 미리 제대로 정돈하거나 폐해를 감출 여지를 두지 않고, 환자들의 치료와 간호를 맡은 사람들의 행동을 몸소 관찰하고 면밀히 조사하기 위해서였다. 또 그는 학교와 대학도 세우고 역시 예고도 없이 방문하여 직접 젊은이들의 교육을 점검했다. 또 도살장들과 공공 화덕을 만들어 백성들에게 합당하고 일정한 가격에 건강에 좋은 식품을 공급했다. 그뿐이 아니었다. 그는 도시로 하천의 물을 풍부하게 끌어들여 목욕탕과 분수를 만들고, 수로와 운하를 만들어 평야에 물을 대어 토질을 비옥하게 만들었다. 아부 알라흐마르의 이런 치세는 이 아름다운 도시가 번영과 유복함을 누리게 했다. 그 성문들 주변에는 장이 서서 북적댔고 상점들에는 다양한 기후의 온갖 나라에서 온 사치품과 잡화들이 흘러넘쳤다.

무하메드 아부 알라흐마르가 자신의 아름다운 왕국을 이렇게 슬기롭고 번창하게 다스리는 동안, 갑자기 전쟁의 공포가 그를 위협해왔다. 당시 기독교도들은 무슬림 권력의 분열을 틈타 빠른 속도로 그들의 옛 영토를 탈환하고 있었다. 정복왕 하이메 1세가 발렌시아 지역 전체를 복속시켰고, 성왕 페르난도 3세가 승승장구하는 그의 군대를 몰아 안달루시아로 들이닥치고 있었다. 페르난도 왕은 하엔을 포위하고는 그 도시를 점령하기 전에는 막사를 세우지 않겠다고 호언했다. 무하메드 아부 알라흐마르는 자신이 카스티야의 그 막강한 왕과 전쟁을 치르기에는 역부족이라는 것을 알고 있었다. 그에 따라 그는 돌연히 결단을 내리고 예고도 없이 몸소 그 기독교도의 진영으로 찾아가 페르난도 왕 앞에 나타났다. "당신이 보고 있는 나는 그라나다의 왕 무하메드요. 당신이 선량한 신의를 믿고 당신의 보호 아래 나를 맡기겠습니다. 내가 가진 모든 것을 가져가시고 나를 당신의 봉신으로 받아주십시오." 그렇게 말하고 나서 그는 복종의 표시로 무릎을 꿇고 페르난도의 손에 입을 맞추었다.

페르난도 왕은 이렇게 허심탄회한 신뢰에 감동하여 그 역시 관대함을 베풀어야겠다고 마음먹었다. 그는 조금 전까지 자신의 숙적이었던 알라흐마르를 바닥에서 일으켜 세워 친구로서 그를 포옹하고는 그가 제시한 재산은 받지 않겠지만 그를 봉신으로는 받아들이겠으며, 해마다 조공을 바치고 제국에 소속된 귀족의 한 사람으로서 의회에 참석해야 한다는 것과 전쟁 때에는 기병대를 이끌고 그를 위해 싸워야한다는 조건을 걸었다. 물론 알라흐마르의 자기 왕국에 대한 지배권은 그대로 남겨두었다.

이 일이 있고 얼마 지나지 않아서, 무하메드는 페르난도 왕의 유명한 세비야 포위공격에서 군사적 지원을 요청하는 전갈을 받았다. 무어의 왕은 세상에서 그들보다 더 군마를 잘 다루고 창을 잘 휘두를 자가 없었던 엄선한 기병 오백 명을 이끌고 전쟁터로 나아갔다. 그러나 같은 신앙을 지닌 형제들을 향해 칼을 뽑아야 했으므로 그것은 서글프고도 굴욕적인 봉사였다.

무하메드는 이 유명한 정복전쟁에서 보여준 무용 때문에 우울한 면모를 보이게 되었지만, 전쟁에서 인도적으로 행동하도록 페르난도 왕을 설득한 일로 더욱 참된 명예를 얻었다. 1248년에 유명한 도시 세비야가 그 카스티야 왕에게 항복하자 무하메드는 슬픔과 근심으로 가득 차 그의 영토로 돌아갔다.

그는 무슬림의 대의를 위협하는 병폐들이 늘어나는 것을 목격했고, 근심과 고뇌의 순간에 종종 입에 올리던 절규를 내뱉었다. "께 안고스타 이 미제라블레 세리아 누에스트라 비다, 시 노 푸에라 딴 딜라타다 이 에스파시오사 누에스트라 에스페란사!(우리의 희망이 크고 원대하지 않다면 우리의 삶은 얼마나 곤궁하고 비참할 것인가!)"

침울한 정복자가 사랑하는 그라나다에 가까이 다가갔을 때 자신들의 보호자로서 그를 사랑하는 백성들이 주체할 수 없는 기쁨으로 그를 맞이하기 위해 달려왔다. 그들은 그가 전쟁에서 세운 공을 기려 개선문을 세웠고, 그가 지나는 곳마다

'엘 갈리브(정복자)'라는 별명을 외치며 환호했다. 무하메드는 그 별명을 듣자 고개를 저으며 "와 라 갈리브 일라 일라!(알라 외에 성록자는 없다!)" 하고 외쳤다. 그때부터 그는 그 외침을 좌우명으로 삼았다. 그는 그 말을 가문 문장의 비스듬한 띠에 새겨 넣었고, 그 말은 그의 후손들에게도 계속 가훈으로 이어졌다.

무하메드는 기독교도의 지배에 굴복함으로써 평화를 누릴 수 있었지만, 각자 그토록 불화해왔으며 적의의 씨앗이 그토록 오래 뿌리내린 이 땅에서 현재 평화가 확고히 지속될 수 없음을 알고 있었다. 그리하여 그는 '평화로울 때 무장을 갖추고 여름에 옷을 입어라'라는 속담에 따라 왕국의 수비를 강화하고 무기고를 다시 채워 넣음으로써, 한 제국에 부와 실질적 힘을 부여하는 유용한 기술들을 발전시켰고 당시의 과도 기적인 평화 상태를 더욱 굳건히 했다. 그는 가장 뛰어난 장인들에게 장려금과 특권을 하사했고 말과 가축의 품종을 개량하고 농업을 장려하며, 왕국의 아름다운 계곡들이 정원들처럼 활짝 피어나게 하는 보호조치들로 자연적 비옥함을 가꾸어갔다. 또한 그는 누에치기와 견직물 제작을 촉진하여 이윽고 그라나다의 베틀이 그 섬세함과 아름다움에서 시리아의 것을 능가하는 직물을 생산해내기에 이르렀다. 그뿐 아니라 그는 영토 내의 산들에서 발견된 금은과 다른 금속들이 생산되는 광산들을 부지런히 개발하도록 했고, 그라나다의 왕으로서는 최초로 자기 이름을 새겨 넣은 금화와 은화를 주조하여 주화를 기술적으로 만들어내는 데 대단히 심혈을 기울였다.

그가 찬란한 알함브라 궁전의 건설에 착수한 것은 13세기 중반을 향해가던 바로 이 시기, 세비야 정복에서 돌아온 직후였다. 그는 건설작업을 몸소 감독했고, 종종 예술가들과 직공들 틈에서 일을 지도했다.

그렇게 위대한 업적들과 원대한 모험심에도 불구하고 그의 성품은 소박했고 향락을 절제하는 미덕을 지녔다. 그의 의복은 화려하지 않았을 뿐 아니라 너무 평범해서 신하들과 구별이 안 될 정도였다. 그의 하렘이 자랑하는 미녀들도 그 수가 많지 않았고 그가 그 여인들을 찾는 횟수도 드물었지만, 그들에 대한 대접은 대단히 훌륭했다. 그의 아내들은 권세 있는 귀족들의 딸들이었고, 그는 그들을 친구이자 합리적인 동반자로 대했다. 나아가 그는 아내들끼리 서로 친구처럼 지내도록 했다. 그는 정원에서, 특히 그가 가장 아름답고 향기로운 꽃들과 진기한 식물들을 모아놓은 알함브라의 정원들에서 많은 시간을 보냈다.

띠기서 그는 역사책을 읽거나 신하들에게 읽고 이야기하도록 하는 일을 즐거워했고, 또 때로 여가시간 짬짬이, 가장 학식이 높고 덕이 높은 스승들 문하에 있는 세 아들을 교육하는 일에 몸소 나서기도 했다.

그가 페르난도 왕에게 솔직하고 자발적으로 조공을 바치는 봉신이 되겠다고 했으므로, 언제나 그 서약을 충실히 지켜 페르난도 왕에게 계속해서 충성과 친밀함을 표했다. 1254년 그 유명한 왕이 세비야에서 숨을 거두었을 때 무하메드 아부 알라흐마르는 대사들을 그의 후계자인 알폰소 10세에게 보내 함께 문상하게 했고, 그들과 함께 뛰어난 무어 기사 백 명의 화려한 행렬을 따라 보내 장례식이 거행되는 동안 왕의 관대 주위에 촛불을 들고 서 있도록 했다. 이렇게 인상적인 존경의 표현은 이 무슬림 왕의 남은 생애 내내 계속되어 페르난도 엘 산토 왕의 기일마다 무어 기사 수백 명이 그라나다에서 세비야로 가서 화려한 성당의 중앙에 있는 그 죽은 왕의 기념비 곁에 촛불을 켜들고 서 있었다.

무하메드 아부 알라흐마르는 노년까지도 강건한 기력과 정신력을 유지했다. 그가 일흔아홉이 된 해에는 영토 침입에 대항하기 위해 가장 뛰어난 기사들을 거느린 채 말을 타고 전투에 출전했다. 군대가 그라나다를 벗어나고 있을 때 앞서 가던 경비병 중 하나가 사고로 성문의 아치에 부딪혀 창이 부러지고 말았다. 왕의 고문관들은 나쁜 징조로 보이는 이 사건에 경악하여 왕에게 돌아가자고 호소했다. 그러나 신하들의 간청도 소용없었다. 왕은 고집을 굽히지 않았고, 무어의 연대기 저자들은 그 흉조가 그날 정오에 치명적으로 실현되었다고 전한다. 무하메드는 갑작스레 몸 상태가 나빠져 거의 말에서 떨어질 뻔했다. 그를 들것에 싣고 그라나다로 돌아갔지만 도중에 상태가 점점 나빠져 평원에 천막을 세워야만 했다. 의사들은 대경실색했지만 어떤 처방을 내려야할지 알지 못했다. 몇 시간 후 그는 피를 토하고 격렬한 경련을 일으키다 숨을 거두었다. 알폰소 10세의 동생인 카스티야의 대공 돈 펠리페가 그의 임종 시 곁에 있었다. 그의 시신은 방부처리를 하고 은관에 옮겨져, 그를 아버지처럼 섬기던 백성들의 진심 어린 비탄 속에서 알함브라의 귀한 대리석 분묘에 묻혔다.

알함브라를 세웠던 그 개화된 애국자 군주는 바로 이런 사람이었다. 그 궁전의 가장 정교하고 아름다운 장식품들에는 그의 이름이 새겨져 있고, 그에 대한 기억은 이렇게 희미하게 퇴색하고 있는 그의 장려함과 영광이 머무르던 이 궁전을 기니는 사람들의 영감을 자극한다. 그는 광대한 규모의 건축에 착수했었고 그 지출은 막대했지만, 그래도 그의 국고는 언제나 가득 차 있었다. 아마도 일견 모순처럼 보이는 이 점이 그가 마술에 정통했고 하찮은 금속을 황금으로 변화시키는 비밀스런 능력을 지니고 있었다는 전설을 낳았을 것이다. 여기서 이야기한 것과 같은 그의 치세를 지켜본 사람이라면 그의 풍족한 국고를 흘러넘치게 만드는 그 타고난 마력과 소박한 연금술을 쉽게 이해할 것이다.

알함브라의 완성자,
유세프 아불 하기그

알함브라에 있는 태수의 거처 아래에는 무어 왕들이 개인적
으로 예배를 드리던 왕실 모스크가 있다. 지금은 비록 가톨릭
교회로 봉헌되기는 했지만 아직도 무슬림의 흔적을 지니고
있다. 금박을 입힌 기둥머리가 있는 사라센 기둥양식과 하렘
의 여인들을 위한 격자장식이 있는 회랑은 아직도 볼 수 있고,
벽에는 무어 왕들과 카스티야 왕들의 방패꼴 문장들이 뒤섞
인 채 걸려 있다.

이 신성한 장소에서 그 걸출한 인물 유세프 아불 하기그가
세상을 떠났다. 그 고매한 군주는 알함브라를 완성한 장본인
으로서, 그의 덕성과 자질들은 그 관대한 창립자 아부 알라흐
마르와 거의 맞먹는 명성을 얻고도 남을 만하다. 나는 유럽 전

체가 아직 비교적 야만상태에 머물러 있던 시절에 고결하고 찬란하게 안달루시아를 지배했던, 이제는 세상에서 거의 잊 히진 왕가의 군주들 중 한 사람의 이름을 너무 오래 묻혀 있던 그 어둠에서 기쁜 마음으로 끄집어내려고 한다.

유세프 아불 하기그(때로 학시스로 표기된다)는 1333년에 그라 나다의 왕좌에 올랐고, 그의 외모와 정신적 특질들은 모든 이 의 마음을 사로잡을 만했으며 따뜻한 인정과 번영이 가득할 치세를 기대하게 만들었다. 그는 기품 있고 건장한 체구에 남 성적인 아름다움까지 갖추고 있었다. 그의 피부는 너무나도 고왔고, 아라비아의 연대기에 따르면 길게 길러 염색한 그의 턱수염은 그 진중함과 위엄을 한층 더 돋보이게 했다. 또 그는 기억력이 탁월하여 과학적 지식과 학식을 머릿속에 잘 담아 두었다. 그는 생기 넘치는 천재였고 당대 최고의 시인으로 꼽 혔으며, 늘 온화하고 상냥했으며 세련되었다. 무엇보다 유세 프는 관대한 이들에게 공통적으로 발견할 수 있는 용기를 지 니고 있었다. 그의 천재성은 전쟁보다는 평화 쪽에서 발휘되 는 것이었는데, 그의 치세 기간 동안 수차례 무기를 들지 않을 수 없었기에 대체로 그는 불운한 사람이었다. 그는 천성적인 자애로움을 전쟁에서도 발휘하여 무자비하고 잔인한 모든 행위를 금지하고 여성과 아이들, 노인과 병약자들, 수도사들과 종교적 은둔자들까지 모든 이들에 대한 자비와 보호를 명령했다. 그가 뛰어들었던 몇 가지 불운한 일 중 하나는, 모로코 왕과 연합하여 카스티야와 포르투갈의 왕들을 상대로 큰 전쟁을 벌였다가 살라도 전투에서 패한 것이다. 후에 이 전쟁은 에스파냐의 무슬림 지배에 치명적인 타격을 입힌 대재난으로 기록된다.

유세프는 이 패배 후, 긴 휴전기에 들어갔으며 그 시기에 백성들을 교육하고 도덕과 예의범절을 가르치는 일에 전념했다. 이 일을 위해 그는 단순하고도 통일적인 교육체계로서 모든 마을에 학교를 설립했다. 또한 열두 가구 이상이 거주하는 모든 마을에는 모스크를 세우고, 종교의례와 민중의 축제와 공적인 유흥에 스며든 온갖 방종과 무례한 행위를 금하였다. 그는 도시 내의 방범에 유심히 주의를 기울여 야간 경비와 순찰 제도를 마련하고 시정상의 모든 문제들을 감독했다. 또 그는 선왕들이 착수했던 대규모의 건축 공사를 마무리하고 자신의 계획에 따라 새로운 건물을 짓는 일에도 관심이 쏠려 있었다. 선량한 아부 알라흐마르가 착공을 시작한 알함브라는 그에게 와서야 완성되었다. 유세프는 그 성채의 거대한 입구

구실을 하는 정의의 문을 건설하여 1348년에 완성했다. 또한 그는 궁정 곳곳과 궁전의 홀들을 장식했는데, 이는 벽에 새겨진 그의 이름이 자주 발견된다는 사실로도 알 수 있다. 유세프는 말라가에 고상한 알카사르도 건설했는데 지금은 불행히도 무너져가는 폐허더미에 불과하지만, 아마도 그 내부는 알함브라에 맞먹는 우아함과 장엄함을 지니고 있었을 것이다.

한 군주의 천재성은 그가 살아간 시대에 특징을 남기기 마련이다. 그라나다의 귀족들은 유세프의 고상하고 우아한 취향을 흉내 내었고, 그라나다는 곧 장엄한 궁전들로 가득 찬 도시가 되었다. 모자이크로 덮인 궁전들의 내부는 벽과 천장이 도림질 세공으로 장식되었고, 섬세한 금박 장식과 하늘색과 주홍색 그밖의 화사한 색깔로 칠해지거나 삼나무와 또 다른 귀한 목재들로 섬세하게 상감장식이 되어 있었다. 이 모든 것은 오랜 세월이 지나도 그 영광을 그대로 지닌 채 남아 있는 표본이라고 할 수 있을 것이다. 집집마다 물을 뿜어 올려 공기를 신선하고 시원하게 만드는 분수가 있었고, 목재나 석재로 만든 높은 탑에는 신기한 조각이 새겨지고 장식이 달려 있으며 햇빛을 받아 번쩍이는 금속판들로 뒤덮여 있었다. 이 우아한 사람들 사이에 널리 퍼져 있던 건축의 취향은, 아라비아 작가의 아름다운 직유를 빌려 쓰자면, '유세프 시절의 그라나다는 에메랄드와 히아신스가 가득한 은 항아리 같다'고 말할 수 있을 정도로 세련되고 섬세하다.

또 이 일화 하나면 이 관대한 군주의 넓은 마음을 보여주기에 충분하다. 살라도 전투에 이은 긴 휴전기가 끝난 뒤, 평화를 유지하려는 유세프의 노력도 모두 소용이 없었다. 그의 숙적인 카스티야의 알폰소 11세는 대군을 이끌고 출전하여 지브롤터를 포위했다. 유세프는 어쩔 수 없이 무기를 들고 그 지역을 구하기 위해 군대를 보냈다. 그는 깊은 걱정에 잠겨 있다가, 그가 두려워하던 적이 갑자기 병으로 세상을 떠났다는 소식을 들었다. 이 사건에 그는 크게 기뻐하기는커녕, 세상을 떠난 적장의 덕망을 떠올리며 슬퍼하였다. "슬프도다, 이 세상은 가장 훌륭한 군주 한 사람을 잃었다. 친구든 적이든 가리지 않고 공을 명예롭게 기릴 줄 아는 군주를."

에스파냐의 연대기 저자들도 그의 관대함을 직접 증언하고 있다. 그들의 진술에 따르면, 무어의 기사들도 왕의 심정에 공감하여 알폰소 왕의 죽음을 애도했다. 심지어 그렇게 위험하게 포위되었던 지브롤터의 사람들도 적의 군주가 막사에서 죽었다는 사실을 알았을 때 서로 의논하여 기독교도들을 향해 어떤 호전적인 공세도 하지 않기로 결정했다. 야전막사가 해체되고 군대가 알폰소의 시신을 싣고 떠나던 날, 지브롤터에서는 무어인들이 무리를 지어 성 밖으로 나가 말없이 침울하게 그 애도의 행렬을 바라보았다. 전선에 있던 무어인 지휘관들도 모두 그와 똑같이 죽은 자에 대한 존중을 표했고, 그 기독교도 왕의 시신을 지브롤터에서 세비야까지 지고 가는 장례 행렬이 안전하게 통과할 수 있도록 해주었다.

유세프는 그가 그렇게 사심 없이 애도했던 적보다 많이 오래 살지는 못했다. 1354년 어느 날, 그가 알함브라의 왕실 모스크에서 기도를 하고 있는데 한 광인이 갑자기 뒤에서 달려들어 그의 옆구리에 단도를 꽂았다. 왕의 비명을 들은 경비병들과 대신들이 그를 도우러 달려왔다. 그들은 피 웅덩이에서 뒹굴며 경련을 일으키고 있는 왕을 발견했다. 그는 왕실의 거처로 옮겨졌지만 곧바로 숨을 거두었다. 살인자는 토막토막 절단되었고 그의 사지는 민중의 분노를 달래기 위해 공개적으로 불태워졌다.

왕의 시신은 흰 대리석으로 만든 장려한 분묘에 매장되었다. 하늘색 바탕에 금색으로 새긴 긴 묘비명에는 그의 미덕들이 기록되어 있었다. '여기 권세 있는 가문의 온화하고 학식 깊고 고결하며 그 우아한 성품으로 유명하고, 그 인자함과 경건함과 선행이 그라나다 왕국 전체에서 칭송되던 왕이자 순교자가 누워 있다. 그는 위대한 군주였고, 탁월한 지휘관이었으며, 무슬림의 예리한 칼이자, 가장 강력한 군주들 가운데 우뚝 솟은 용맹스러운 기수였다.'

한때 죽어가는 유세프의 비명이 울렸던 모스크는 지금도 남아 있지만, 그의 미덕을 기록했던 그 기념비는 오래 전에 사라졌다. 그러나 그의 이름은 알함브라의 장식물들에 새겨져 있으며, 한때 그곳을 아름답게 가꾸는 일이 자신의 자랑이자 기쁨이었던 이 유명한 건축물에 영원히 남아 있을 것이다.

그라나다를 떠나는 작가이 작별 인사

내가 알함브라에서 보냈던 평온하고 행복한 나날들은, 시원한 목욕탕에서 동방의 사치를 흠뻑 누리고 있던 나에게 전해진 어떤 편지들 때문에 갑자기 끝나고 말았다. 그것은 나를 무슬림의 낙원에서 나와, 다시금 생기 없는 세상의 부산함과 업무 속으로 들어오라는 부름이었다. 이렇게 휴양과 환상으로 하루하루를 보내던 내가 어찌 다시 그 고군분투하는 일상 속으로 들어가겠는가? 알함브라의 시를 만끽한 내가 일상의 진부함을 어찌 다시 참아낼 수 있겠는가?

그러나 나의 출발에는 준비가 별로 필요하지 않았다. 수레를 뒤집어놓은 것과 꽤나 비슷한 바퀴가 둘 달린 타르타나라는 탈것이 한 젊은 영국인과 나를 태우고 무르시아를 거쳐 알리칸테와 발렌시아를 지나 프랑스로 데리고 갈 여행 수단이었다. 다리가 긴 시종은 한때 콘트라반디스타였던 위인이니 모르기는 해도 도둑이 우리의 안내자이자 보호자가 되는 셈이었다. 채비는 금세 갖추었으나 출발하기는 어려웠다. 출발은 며칠이고 계속 연기되었다. 내가 가장 즐겨 찾던 곳에서 머물며 며칠을 보냈고 날이 갈수록 그 장소들은 내 눈에 더욱 더 기쁨이 가득한 곳으로 보였다.

내가 사귄 사람들과 나를 도와준 사람들로 가득한 이 작은 세상이 나에게는 둘도 없이 다정한 곳이 되었고, 내가 떠난다는 사실에 그들이 표한 근심은 애정 어린 마음이 나 혼자만의 것이 아님을 확신하게 해주었다. 마침내 떠날 날이 왔을 때 나는 선량한 안토니아 부인의 집에서 작별인사를 하려는데 차마 입이 떨어지지 않았다. 어린 돌로레스의 다정한 마음이 곧 넘칠 듯 가득 차 있음을 알 수 있었다. 그래서 나는 그 궁전과 주민들에게 말 없는 인사를 남기고 마치 곧 돌아올 것처럼 시내를 향해 내려갔다. 타르타나와 안내인은 준비를 마치고 있었고, 동행자와 함께 여관에서 점심식사를 한 다음 여행길에 나섰다.

치코 2세의 수행 행렬은 초라했고, 그 출발은 구슬펐도다!

안토니아 부인의 조카 마누엘과 나서기 좋아하지만 이제는 달릴 수 없는 슬픔에 빠져 있는 나의 시종 미데오, 그리고 차츰 나도 일원으로 속하게 된 그 잡담 자리의 늙은 퇴역병사 셋 가운데 두 사람이 나를 배웅하러 내려왔다. 찾아오는 친구가 있으면 몇 마일이나 마중을 나오고, 떠나는 친구도 그만큼 배웅해주는 것이 에스파냐의 오래된 좋은 관습 중 하나이기 때문이다. 그런 다음에야 우리는 출발했고 우리의 다리 긴 안내인은 어깨에 엽총을 걸치고 앞장서서 성큼성큼 걸어갔으며, 마누엘과 마테오는 각자 타르타나의 양 옆으로 걸었고 늙은 병사들은 뒤를 따랐다.

그라나다 북쪽으로 어느 정도 갔을 때 길이 차츰 언덕으로 이어지기 시작했다. 나는 거기 내려서 마누엘과 함께 천천히 걸었는데 그는 그 기회를 이용해 나에게 자기 속마음과, 그와 돌로레스 사이의 다정한 관계에 관한 비밀을 털어놓았다. 그러나 그것은 뭐든 다 알고 뭐든 다 폭로해버리는 마테오 히메네스에게 이미 들어 알고 있던 사실이었다. 그의 박사학위가 그들이 결합할 수 있는 길을 마련해주었으며, 그들이 친족관계이기 때문에 교황의 특면장을 받아야하는 점만 빼면 더 필요한 것이 없었다. 성채의 의사 자리만 얻을 수 있으면 그의 행복은 완전해지는 것이다! 나는 그가 배우자 선택에서 보여준 판단력과 좋은 취향을 들어 그를 축하해주었고 시간이 지나면 마음씨 친절한 돌로레스의 넘쳐나는 애정이 배은망덕한 고양이나 가출하는 비둘기보다 더 안정적으로 몰두할 상대를 찾게 되리라고 장담했다.

그 선량한 사람들과 헤어지고 나서, 천천히 언덕을 내려가다가 간간이 뒤돌아보며 손을 흔들어 마지막 작별인사를 하는 그들의 모습을 보고 있자니 그 이별이 참으로 서글펐다. 사실 마누엘에게는 위로가 될 즐거운 시간이 기다리고 있었지만, 마테오는 완전히 풀이 죽어 보였다. 그는 통탄스럽게도 총리이자 역사편찬가의 직책에서 강등되어 다시 예전의 낡은 갈색 망토를 입고 굶지 않는 게 신기할 따름인 리본 만드는 부업이나 해야했다. 때때로 주제넘게 나서기는 하지만, 그 가여운 친구는 어쩐지 내가 의식하고 있는 것보다 훨씬 더 깊은 연민을 자아내게 했다. 만약 앞으로 그에게 행운이 다가오리라 기대할 수 있거나, 내가 그 일을 도울 수 있었다면 이렇게 떠나면서도 정말 위안이 되었을 것이다. 그의 눈에는 내가 자기가 들려주는 이야기와 소문과 그 지역에 관한 정보들을 중요하게 여기는 것처럼 보였을 것이다. 게다가 산책을 할 때면 내가 종종 동행을 허락했기 때문에, 그는 자신의 자질을 훨씬 더 높게 평가하면서 자기에게 새로운 직업이 생겼다고 생각했을지도 모른다. 그 이후로도 그 알함브라의 아들은 나의 단골 여행안내자가 되어, 내가 처음 그를 만났을 때 입고 있던 갈색 누더기 망토 따위는 이제 다시 입을 필요가 없다고 말할 정도로 보수도 후하게 받아왔던 것이다.

해가 질 무렵 도로가 산속으로 이어지는 곳에 도달했기에, 나는 거기서 발길을 멈추고 마지막으로 그라나다를 돌아보았다. 내가 서 있던 언덕에서는 그 도시와 평원과 그 주위를 둘러싼 산들의 아름다운 풍경이 한눈에 들어왔다. 그곳은 '무어인의 마지막 한숨'으로 유명한 '라 쿠에스타 데 라스 라그리마스(눈물의 언덕)'와는 나침반 상에서 정반대 지점이었다. 그때 나는 가련한 보압딜이 뒤에 남기고 떠나는 낙원에 작별을 고하고, 자기 앞에 펼쳐질 거칠고 메마른 추방당한 길을 바라보았을 때 어떤 기분이었을지 알 수 있었다.

지는 해는 언제나 그랬듯이 알함브라의 불그스레한 탑들에 우울한 광채를 던지고 있었다. 내가 수없이 행복한 몽상에 빠져 시간을 보냈던 코마레스 탑의 발코니가 있는 창이 어렴풋이 보였다. 햇빛이 도시 곳곳에 우거진 작은 숲들과 정원에 화사한 금테를 둘러주었고, 평원 위로는 여름 저녁의 자주색 연무가 모여들고 있었다. 모든 것이 사랑스러웠지만 떠나는 나의 눈에는 그 사랑스러움마저 아릿하고 서글프게 보였다.

"해가 지기 전에 이 광경에서 서둘러 떠나야겠다. 가장 아름다울 때의 추억을 가져가야지."

이렇게 생각하고는 산길을 열심히 헤쳐 갔다. 조금 더 가자 그라나다와 평야와 알함브라가 내 시야를 벗어났고 동시에, 아마 독자들도 너무 많은 꿈들로 이루어졌다고 여길 너무도 행복한 꿈같은 삶의 한 부분도 끝나고 말 것이다.

옮긴이의 글

알함브라라는 이름은 아랍어로 '빨강'을 뜻한다. 그 성채가 붉은색 흙으로 지어졌기 때문에 붙은 이름이다. 알함브라 궁에 대한 당시의 기록을 지금의 관점에서 바라보면 이 붉은 성채는 상당히 작고 요새 역할을 하던 성벽도 침략군을 막아내기에는 그다지 적합하지 않았다고 한다.

알함브라가 오늘날 남아 있는 모습을 갖추게 된 것은 에스파냐를 지배했던 마지막 무슬림 왕조인 나스리드 왕조 시기였다. 왕의 박해를 피해 그라나다로 후퇴할 수밖에 없었던 나스리드 왕조의 창시자 무하메드 아부 알라흐마르는 알함브라에 자리를 잡은 후 왕의 거주지에 걸맞은 새로운 궁전 건설에 착수했다. 여섯 채의 궁과 여러 개의 탑과 수많은 목욕탕을 짓

알함브라 궁전의 헤네랄리페 정원. 이베리아 이슬람 최후의 역사를 품고 있는 알함브라 궁전은
곳곳이 찬란한 아름다움으로 가득하다.

기로 한 것이다. 궁이 메마른 산지에 위치해 있기 때문에 사람들은 언제나 물 공급에 애를 먹었는데, 이 시기에 분수와 수로를 충분히 건설함으로써 이곳은 사막에 오아시스가 생겨난 듯 생기 넘치는 곳으로 바뀌었다. 그리하여 원래 방어용 군사 요새로 지어졌던 알함브라는 나스리드 왕조 지배기에 화려하고 아름다운 궁전도시로 탈바꿈한 것이다.

알함브라 궁전이 있는 그라나다를 비롯한 이베리아 지역은 이렇듯 8세기부터 15세기까지 이슬람과 무어인의 지배를 받았다. 그러나 카스티야의 여왕 이사벨과 아라곤 왕국의 페르난도 왕이 결혼하여 에스파냐 왕국의 통일을 이룬 뒤, 에스파냐 전체를 기독교 왕국으로 만들기 위한 레콘키스타(재정복) 전쟁을 일으키면서 아름답던 그라나다 왕국은 서글프게도 1492년에 기독교도들에게 정복당하고 만다. 그리하여 팔백 년에 이르는 왕국은 무너지고 무어인들은 이베리아 반도에서 모조리 추방당했다. 또한 같은 해에는 이사벨과 페르난도의 후원을 받은 콜럼버스가 아메리카 대륙에 상륙하였고, 유럽이 아메리카 정복을 시작했다.

그로부터 337년 후, 그 아메리카에서 워싱턴 어빙이라는 이름을 가진 한 미국인이 이베리아 반도를 찾아왔다. 그는 오랜 세월 동안 폐허가 된 채 방치되어 있던, 그러나 전설의 배경처럼 신비로운 알함브라에 깊이 매료되었다. 달빛에 버려진 채, 가난한 그라나다 사람들과 집시들의 손에 맡겨진 산 위의 아름다운 성채. 『알함브라 이야기』는 워싱턴 어빙이 알함브라 성채에 여러 달 동안 머물면서 남긴 기록이다. 여기에는 1829년 현재에 어빙이 바라본 그라나다 지방과 알함브라가 있고, 그가 거기 머물며 조사한 1429년 이전 무어인들의 왕국이 있으며, 무어인들이 떠난 후 잊혀진 알함브라에 마치 쇠락의 부산물처럼 생겨난, 그러나 성채의 천상적인 아름다움에 걸맞은 낭만적이고 환상적인 전설과 민담들이 한데 어우러져 있다.

무어인들이 떠난 뒤 그들이 살던 곳에 들어온 에스파냐 사람들은 자신들이 쫓아낸 무어인들을 마법을 지닌 존재로 상상했다. 가난한 이들의 소박한 상상력은 마법에 묶인 보물들을 그렸고 그것을 찾아내어 부자가 되는 낭만적인 꿈에 젖었으며, 마법에 걸린 아름다운 공주와 기사의 비극적인 사랑을 꿈꾸었다. 그렇게, 신비에 싸인 과거의 전설들로부터 또 다른 전설이 꼬리에 꼬리를 물고 생겨났다. 이런 상상력의 모태가 된 것이 바로 지상의 것이 아닌 듯한 신비하고 영묘한 알함브

알함브라 궁전 너머 보이는 시에라네바다. 이 궁전의 마지막 무슬림 왕 보압딜은 저 산을 너머 눈물을 흘리며 고향으로 돌아갔다.

라의 아름다움이다.

워싱턴 어빙은 에세이스트, 전기 작가, 역사가, 소설가이자 외교관, 정치가로 종종 '미국문학의 아버지'라 일컬어진다. 그는 독립전쟁이 끝난 직후

뉴욕 테리타운에 있는 워싱턴 어빙의 생가

인 1783년에 뉴욕에서 태어났는데, 독립전쟁에 참전했던 스코틀랜드 이민자로 조지 워싱턴을 존경했던 그의 아버지는 아들에게 워싱턴이라는 이름을 붙여주었다. 어빙은 어려서 학업에는 별로 관심이 없었고 두각을 나타내지도 못했으며, 건강 문제로 형들처럼 컬럼비아 대학에 진학하지도 못했다. 대신 '로맨스나 모험 문학'에 심취했고, '콜럼버스 항해와 멕시코 정복의 역사', '영국과 유럽의 풍속'에 흥미를 느꼈다.

1798년부터는 법률 사무소에서 일하기 시작했는데, 법보다는 신문에 글을 기고하는 일을 더 좋아했다. 1802년에는 조너선 올드스타일이라는 필명으로 《모닝 크로니클》에 뉴욕 사교계를 풍자하는 글을 연재하면서 문필가로서 재능을 인정받기

시작했다. 1804년에는 결핵으로 건강이 나빠져 로마에 가서 휴양했고, 이 년 동안 유럽에 머물다가 1806년에 다시 뉴욕으로 돌아와 시험에 합격하여 법조계에 진출했다. 그는 법률가로 활동하면서도 1807년경 형 윌리엄과 다른 친구들과 함께 《샐머건디》라는 풍자적 신문을 창간하여 인기를 끌었으나 1808년에는 재정난으로 폐간해야만 했다.

1809년에는 '디트리히 니커보커'라는 필명으로 『세계의 시초에서 네덜란드 왕조의 종말까지 뉴욕의 역사』라는 제목의 책을 출간했다. 뉴욕에 정착한 네덜란드 이민자들의 사회를 풍자한 유머러스한 이 작품은 명실 공히 미국문학 최초의 코믹 문학이라고 할 만하며, 이후 '니커보커'라는 단어는 네덜란드 이민자의 후손인 뉴요커를 일컫는 일반명사가 되었다. 책의 성공이 준 기쁨도 잠시, 얼마 후 약혼녀 마틸다 호프만이 세상을 떠나 어빙은 깊은 슬픔에 빠졌고, 슬픔을 잊기 위해 주어진 일에 닥치는 대로 몰두했다.

1815년에 어빙의 형제들은 가족이 운영하는 무역회사의 지부를 운영하도록 어빙을 영국 리버풀로 보냈다. 그 사업은 1818년에 실패했지만 어빙은 유럽에 남아 글을 써서 생계를 유지하기로 작정하고 집필에 몰두했다.

이 시기에 월터 스콧 경의 영향을 받은 그는 독일문학과 낭만주의적 역사에 관심을 갖게 되었고, 이는 이후에도 그의 작품세계에 지속적인 영향을 미친다. 그때 씌어진 에세이와 단편소설들은 1819년과 1820년에 일곱 차례에 걸쳐 발표되었고 1820년에 『제프리 크레용의 스케치북』이라는 이름으로 묶여 출간되었다. 여기에는 그의 대표적인 단편소설인 「립 밴 윙클」과 팀 버튼의 영화로도 유명해진 「슬리피 할로의 전설」이 수록되어 있다. 대부분의 비평가들은 이 작품들이 미국 단편소설문학의 모범이 되었고, 미국문학을 풍성하게 만든 심상

워싱턴 어빙의 「립밴윙클」과 「목 없는 기사의 전설」의 표지. 「목 없는 기사의 전설」은 팀 버튼 감독, 조니 뎁 주연의 〈슬리피 할로〉로 영화화되기도 했다.

과 원형들을 도입했다는 점에 의견을 같이 한다.

어빙은 1822년 겨울을 독일의 드레스덴에서 보내며 『프랑켄슈타인』의 작가이자 남편인 시인 퍼시 셸리와 사별한 메리 셸리, 에밀리 포스터 등과 가까이 지냈지만 결혼에 이르지는

워싱턴 어빙 고등학교에 있는
어빙의 흉상

못하고 평생 독신으로 보냈다. 1826
년에는 미국 외교부의 일원으로 마드
리드에 근무하며 마르틴 페르난데스
데 나바렛이 쓴 『콜럼버스』 전기를 번
역하였고, 1828년엔 깊이 있는 조사
를 바탕으로 『크리스토퍼 콜럼버스의
생애와 여행의 역사』를 펴냈다. 이 작
품은 어빙의 가장 훌륭한 역사적·전기적 저술로 평가된다.

에스파냐 여행은 그에게 여러 가지 소재를 제공했으니 거기
서 나온 또 다른 책이 『그라나다 정복』(1829)과 에스파냐 판
'스케치북'이라 할 수 있는, 바로 이 책 『알함브라』(1832)다.

그후 어빙은 다시 런던으로 가서 외교관 직무를 수행했는
데, 그 시기에 그가 영국왕립 문학학회로부터 메달을 받았다
는 사실은 당시 유럽에서의 어빙의 유명세를 짐작하게 한다.
십칠 년을 해외에서 보낸 후 1832년에 귀국했을 때 그는 영웅
처럼 환영을 받았다.

1840년대 초반에는 외교관으로서 바쁜 일정에 쫓기느라 글
을 쓸 여유가 없었지만 1849년부터는 다시 집필활동에 몰두
하여 『마호메트의 생애』(1849)와 다섯 권짜리 『조지 워싱턴의

소설 「슬리피 할로」의 배경이 되었던 슬리피 할로 언덕(왼쪽)과 워싱턴 어빙이 잠든 뉴욕 '슬리피 할로 국립묘지' (오른쪽)

생애』(1855~59)를 발표했다. 그는 자신에게 이름을 물려준 워싱턴의 전기를 완성하고 여덟 달 후 76세의 나이에 심장마비로 생을 마감했다.

위싱턴 어빙은 미국 단편소설의 창시자이자 유럽에서까지 인기를 얻은 최초의 미국 작가로 꼽힌다. 또한 그의 작품들은 인기도 좋아서 저술활동만으로 생계를 이어간 최초의 작가라고 일컬어지기도 한다.

어빙의 『알함브라』는 방치된 채 폐허가 되어가던 알함브라의 역사적, 문화적 가치를 일깨워 에스파냐 정부가 소중한 문

화유산으로서 보호하고 돌보게 하는 데 가장 기여한 것으로도 유명하다. 그 덕분에 오늘날에도 알함브라 궁전이 그 신비로운 아름다움을 찾아 전 세계의 관광객이 그곳으로 몰려들고 있다. 어빙이 묘사한 당시의 모습과, 또 민담과 전설들의 배경으로 등장하는 일대의 모습은 지금도 변함없이 남아 있다. 알함브라를 여행해본 사람이라면 이 책을 통해 그 이야기와 현실을 이어주는 어떤 공간을 기억할 수 있을 테고, 아직 가보지 않은 사람이라면 환상의 이야기 속으로 몸소 걸어 들어가는 기분을 맛볼 수 있을 것이다.

정지인

작가의 생애

1783   뉴욕 맨해튼에서 부유한 철물점 상인 윌리엄 어빙과
        사라 샌더스 어빙 사이에 11남매 중 막내로 태어남.

1789-96 벤자민 로메인 학교 입학. 어린 시절부터 『신밧드의
        모험』과 『로빈슨 크루소』 같은 여행기를 비롯 항해기,
        역사서, 영국 수필가들의 작품을 탐독함. 이러한 독서
        이력은 어빙이 훗날 낭만주의 작가로서 기틀을 형성
        하는 데 영향을 미침.

1799   대학에 입학하지 않고 헨리 메스터튼 법률 사무소에
        들어가 법률 공부를 시작함.

1800   허드슨강 상류까지 긴 여행을 하면서 그곳에 깃든 수
        많은 전설을 접하게 됨. 이 여행을 바탕으로 훗날 허
        드슨 강변의 슬리피 할로 골짜기를 배경으로 한 「립
        밴 윙클Rip Van Winkle」과 「슬리피 할로의 전설The
        Legen of Sleepy Hollow」을 창작하게 됨.

1802   〈모닝 크로니클〉에 조너선 올드스타일(Jonathan
        Oldstyle)이라는 필명으로 기고하기 시작함.

1804-05 문학적 견문을 넓히고 폐결핵을 치료하기 위해 프랑
        스 보르도 지방으로 여행을 떠남. 이후 이탈리아, 영
        국, 스웨덴 등 유럽을 두루 여행함.

1807-08 형 윌리엄과 제임스 커크 폴딩과 함께 뉴욕 사교계와
        화류계를 논평하는 잡지 〈샐머건디〉를 펴냄. 〈샐머건
        디〉는 1811년 런던에서 출간되기도 했음.

1809   절묘한 풍자로 희극 문학의 걸작이라 평가받는 『뉴욕
        의 역사A History of New York』를 디트리히 니커보커라

는 필명으로 출간함. 작품이 완성되기 직전, 사랑에 빠진 마틸다 호프만이 폐렴으로 세상을 떠남. 당시 어빙은 심한 정신적 충격을 받았으며 이후 마틸다의 초상화와 머리카락을 평생 몸에 지니고 다녔다고 전해짐.

1815 영국 버밍엄에 있는 누나 사라를 방문함. 1804년 첫 번째 유럽여행이 문학적 견문과 소양을 쌓게 해주었다면, 두 번째 여행은 작가로서의 길을 닦게 한 중요한 계기가 됨.

1819-20 「슬리피 할로의 전설」과 「립 밴 윙클」이 수록된 『스케치북 *The Sketch Book*』을 제프리 크레용 겐트(Geoffrey Crayon Gent)라는 필명으로 미국과 영국에서 출간함. 이 책 한 권으로 그는 '미국이 낳은 최초의 문인'으로 인정받았으며 영국과 미국 모두에서 호평을 받게 됨.

1822 『브레이스브리지 홀 *Bracebridge Hall*』 출간.

1826-29 마드리드의 미국 공사직을 맡아 에스파냐에 체류하면

서 『그라나다의 정복 연대기 *Chronicles of the Conquest of Garden*』 출간함.

1830   영국 왕실문학회의 메달 수상

1832   『알함브라 *Alhambra*』가 영국과 미국에서 출간됨.

1835   『대초원 여행기 *Tour on the Prairies*』 집필. 훗날 이 책이 유럽 식민지 개척자들의 원주민들의 역사 왜곡을 벗어난 새로운 시각을 선보였다는 호평을 받음.

1842   타일러 대통령의 뜻에 따라 다시 한 번 스페인 대사로 임명됨. 런던에서 찰스 디킨즈와 교류하였으며 빅토리아 여왕을 알현하기도 함.

1849   독서와 창작에 마지막 열정을 바쳐 골드스미스의 전기 『올리버 골드스미스의 생애 *The Life of Oliver Gold Smith*』를 출간함.

1855   『조지 워싱턴의 생애The Life of George Washington』제1
        권 출판.

1859   천식으로 고생하면서 천신만고 끝에『조지 워싱턴의
        생애』5권을 출간한 뒤 그해 11월 28일, 숨을 거둠. 어
        빙의 시신은 슬리피 할로 공동묘지에 안장됨.

도판 목록

TALES
OF
THE ALHAMBRA

알함브라 Ⅱ

초판 1쇄 2017년 8월 21일

지 은 이 워싱턴 어빙
옮 긴 이 정지인
펴 낸 이 강만식

기획·편집 최민석
디 자 인 정형일
마 케 팅 차예준, 이중경
영업기획 하태혁
경영지원 안재용, 박삼규

펴 낸 곳 ㈜도서출판 혜윰
출판등록 2016년 9월 5일 제406-2016-000117호
주   소 경기도 파주시 회동길 37-14 1층
전   화 031-955-5768
팩   스 031-955-5769
홈페이지 www.hyeyumbooks.co.kr

ISBN 979-11-958922-6-6 04840
      979-11-958922-7-3 (세트)

이 도서의 국립중앙도서관 출판예정도서목록(CIP)은 서지정보유통지원시스템 홈페이지(http://seoji.nl.go.kr)와 국가자료공동목록
시스템(http://www.nl.go.kr/kolisnet)에서 이용하실 수 있습니다.(CIP제어번호: CIP2017020051)